Anke Kemper

Paula Pitrelli
und der unheimliche Nachbar

WOLLVerlag

Lektorat: Dr. Carina Middel
Coverdesign: Anke Kemper, www.kempers-art.de

Satz: kajado GmbH Dortmund, www.kajado.de
Printed by CPI Books, www.cpibooks.de
1. Auflage Juli 2020

Die Personen und Handlungen dieses Romans sind frei erfunden.

WOLL Verlag Hermann J. Hoffe
www.woll-verlag.de
ISBN: 978-3-948496-11-1

WOLLVerlag

Inhaltsverzeichnis

1. Aller Anfang ist schwer

Paula traute sich nicht, die Augen zu öffnen. Sie zog sich die Bettdecke bis zur Nasenspitze und drehte sich auf den Rücken. Da draußen hatte jemand einen knatternden Rasenmäher angeschmissen. Ein Hund bellte und in weiter Ferne hupte ein Auto. Das ist alles nicht wahr, dachte sie. Ihre Augen brannten. Es roch nach Diesel und frisch gemähtem Rasen. Paula atmete tief durch und versuchte, ihre Gedanken zu ordnen. Irgendjemand rief ihren Namen. Lasst mich in Ruhe, wollte sie schreien. Eine Fliege surrte unermüdlich durch das Zimmer und setzte sich auf ihren roten Haarschopf. Mit einem Ruck strampelte Paula die Bettdecke weg und starrte an die hellblau bemalte Decke. Wieder ihr Name. Mutter hatte das Frühstück fertig. Paula seufzte laut. Ein paar Sonnenstrahlen tanzten durch den wehenden Vorhang. Es ist früh am Morgen und jemand mäht den Rasen. Die sind doch alle völlig bekloppt hier, schoss es ihr durch den Kopf, und wie auf Kommando klopfte es kurz und laut an ihre Zimmertür und ihre Mutter steckte den blonden Pagenkopf durch den Türspalt.

„Aufstehen, Süße. Die Sonne lacht und das Frühstück ist fertig. Kommst du bitte?“ Kathrin Pitrelli konnte schon am frühen Morgen mit ihrem unermüdlichen Frohsinn ihre ganze Umgebung in Stimmung bringen. Nur bei ihrer Tochter schaffte sie es heute nicht, da konnte sie sich sicher sein. Paula sah ihre Mutter nicht an und brummte etwas Unverständliches, während sie die Beine mehrmals heftig auf die Matratze warf und kleine Staubsternchen wütend durch das Zimmer wirbelten.

„Jaja, ich komme gleich“, murrte sie, strampelte ein letztes Mal und schälte sich gequält aus dem Bett. Die Tür flog wieder ins Schloss und ihre Mutter hüpfte laut die Treppe hinunter und sang irgendeine altmodische italienische Schnulze, die Paula nicht ausstehen konnte.

Der Hund brachte den Rasenmähermann offensichtlich aus der Fassung. Er kläffte wie wild und schien auf der Wiese einen Tanz vorzuführen, während eine laute Männerstimme ihn mit wüsten Beschimpfungen überschüttete. Ein Blick auf den Wecker brachte sie erneut zum Seufzen. Fast neun Uhr. Sie strich sich die zerzausten Haare aus dem Gesicht, schnappte sich saubere Wäsche, ein T-Shirt und Shorts aus einem der vielen Kartons und ging hinüber ins Bad.

Paula stolperte über einen Stapel Bücher ihrer Mutter. Einige Umzugskartons schmückten den Flur bis zu den Dachstiegen. Das Mädchen rieb sich den schmerzenden Zeh und hüpfte fluchend ins Bad. Draußen verstummte der Rasenmäher und der Hund jaulte. Paula schaute aus dem Badezimmerfenster. Die Straße lag am Rande eines Waldgebietes. Die Sonne stieg unaufhaltsam über die Baumwipfel. Es würde ein herrlicher Sommertag werden. Nur konnte sie sich nicht darüber freuen. Die Ferien hatten begonnen und sie würde sie ohne ihre Freunde verbringen. Paula sah in den Spiegel. Oh Schreck, wie sehe ich denn aus? Sie spritzte sich eiskaltes Wasser ins Gesicht. Danach putzte sie sich die Zähne und cremte sich ausgiebig ein. Anschließend nahm sie sich von Kathrins teurem Puder und betupfte vorsichtig ihre Wangen. Die Haare bürstete sie in Windeseile und band sie zu einem Zopf zusammen. Fertig. So konnte sie sich blicken lassen. Der Rasenmäher wurde wieder angeschmissen. Der Hund bellte. So ein blöder Köter, dachte Paula und zog sich um.

Sie versuchte zu lächeln, als sie in die Küche kam, und gab ihrer Mutter einen flüchtigen Kuss.

„Mmh, lecker, Pfannkuchen zum Frühstück."

„Ja, ich dachte mir doch, dass dich das heute aufheitern würde." Kathrin schmiss mit einer gekonnten Handbewegung einen Pfannkuchen auf Paulas Teller.

„Toll! Hatten wir lange nicht mehr." Paula setzte sich an den gedeckten Tisch. Sie spürte, dass ihre Mutter sie mit ihrem alles erkennenden Blick durchbohrte.

„Hast du gut geschlafen?", fragte sie endlich.

„Klar", log Paula. „Ich möchte nur mal wissen, wer in aller Herrgottsfrühe den Rasenmäher anschmeißt und nicht in der Lage ist, seinen Hund unter Kontrolle zu halten."

Kathrin lachte und streichelte ihrer Tochter nachdenklich über die Wange.

„Was wollen wir denn heute unternehmen?", fragte sie, ohne auf Paulas Kommentar einzugehen.

„Na, ich denke doch mal, weiter auspacken und Ordnung schaffen. Irgendwann müssen wir ja mal fertig werden." Paula stopfte sich ein großes Stück Pfannkuchen mit reichlich Marmelade in den Mund und schloss genüsslich die Augen.

„Ja, da hast du Recht. Aber wir haben ja noch 'ne Menge Zeit, bis die Schule wieder anfängt und wir beide durchstarten müssen. Ich finde, die Ferien müssen wir noch ein bisschen anders nutzen als nur mit Auspacken, Renovieren und Möbelrücken. Das haben wir uns nun wirklich verdient. Und dann bei diesem Wetter!" Kathrin schaute verträumt durch die verschmutzten Scheiben. „Fenster putzen müsste ich auch noch", murmelte sie.

„Ich weiß was", rief Paula aufgeregt. „Wir vergraulen den Mann mit dem Rasenmäher und anschließend ärgern wir den kläffenden Köter. Wir könnten Wasserbomben nach ihm werfen. Ich habe noch irgendwo welche im Karton oben."

„Paula, du sprichst über unsere neuen Nachbarn! Da müssen wir jetzt mit leben. Wir werden uns schon daran gewöhnen. Glaub mir, es gibt Schlimmeres. Es steht ja nicht jeder so spät auf wie wir." Kathrin tätschelte Paulas Hand und sah ihre Tochter aufmunternd an. „Ich weiß etwas Besseres: Wir holen heute als Erstes die Gartenmöbel raus und genießen den schönen Tag im Garten, stopfen uns den Bauch voll mit irgendwelchen süßen Leckereien, bis uns schlecht wird, und beobachten unsere neuen Nachbarn. Was hältst du davon?"

Paula nickte nur bestätigend. Etwas Besseres fiel ihr jetzt auch nicht ein. Obwohl ihr die Vorstellung mit den Wasserbomben mehr zusagte. Genüsslich wandte sie sich dem nächsten Pfannkuchen zu. Wenn jetzt wenigstens Oma hier wäre, dachte sie.

Nach dem Frühstück packten sie gemeinsam alles in die Spülmaschine und schlenderten rüber zur Garage, um nach den Gartenmöbeln zu sehen. Oma Gertruds Gartenmöbelbestand war eher dürftig und umfasste neben der Gartenbank, die immer draußen unterm Pflaumenbaum stand, vier ziemlich vergammelte Holzstühle, einen Ausziehtisch und nur eine einzige Gartenliege. Ein klappriger verrosteter Grill stand in einer Ecke und wurde von zwei Säcken Holzkohle gestützt. Blumentöpfe und -erde sowie einige Gartengeräte schmückten die andere Ecke. Kissen und Auflagen für die Gartenmöbel fanden sie nicht. Sie schleppten gemeinsam die Holzmöbel hinaus und suchten sich ein einladendes Plätzchen mitten auf dem Rasen. Aus dem Haus holten sie Sofakissen und natürlich Kekse und Saft für ihr kleines Gartenpicknick.

„He, Sie, was machen Sie denn da?“ Der Rasenmähermann stand plötzlich mit einem Rechen bewaffnet am Gartenzaun. Er trug einen Schlapphut und trotz des warmen Wetters eine abgewetzte Cordjacke über einem karierten Flanellhemd.

„Oh, guten Morgen“, sagte Kathrin überschwänglich. „Sie müssen Herr Breck sein. Meine Mutter hat schon viel von

Ihnen erzählt.“ Kathrin stellte das Tablett mit Keksen und Saft auf den Gartentisch und ging hinüber zum Zaun, um Herrn Breck die Hand zu schütteln.

„Mein Name ist Kathrin Pitrelli, und das ist meine Tochter Paula. Freut mich sehr, Sie kennen zu lernen.“

Herr Breck verzog nicht einen Millimeter seiner versteinerten Miene. Widerwillig schlenderte Paula rüber zum Gartenzaun, als sie sah, dass ihre Mutter wild mit der Hand hinter ihrem Rücken wedelte. Sie versuchte zu lächeln, als sie Herrn Breck die Hand entgegenstreckte. Er sah erst auf ihre Hand und dann viel zu lange stumm auf Paulas Gesicht, bevor er endlich Anstalten machte, den Gruß zu erwidern.

„Wo ist denn Ihre Mutter?“, fragte er, ohne den Blick von Paula zu wenden.

„In Rom, und anschließend fährt sie in die Toskana. Für drei Wochen.“

„Soso. Die Gute reist wohl gerne, wie?“

„Ja, da haben Sie Recht. Zu beneiden, nicht wahr?“ Kathrin säuselte in den höchsten Tönen, so dass Paula allein vom Zuhören übel wurde. Was redet die so lange mit diesem alten Stinkstiefel?, dachte sie und hätte am liebsten kehrtgemacht, um es sich auf der Sonnenliege gemütlich zu machen. Wo war eigentlich der dämliche Köter geblieben? Hatte er ihn womöglich mit dem Rasenmäher gekillt?

„Ihr Bruder, der Hans, Gott hab ihn selig, der ist nie gereist“, bemerkte Herr Breck mit einem kritischen

Unterton. „Der hat sich immer vorbildlich um das Haus und den Garten gekümmert. Alles immer tipptopp. Na ja. Kann man ja leider nicht mehr ändern. Nicht, dass Sie das falsch verstehen. Ihre Mutter ist eine nette und vor allem ordentliche Frau. Müssen wir wirklich froh sein, dass sie hierhergezogen ist. Wer weiß, was sonst mit dem Haus passiert wäre? Hauptsache, Sie sehen während ihrer Abwesenheit mal nach dem Rechten.“ Herr Breck kratzte sich unter seinem Hut und blickte stirnrunzelnd hinüber zum Haus, als erwarte er, dass jeden Moment jemand aus der Tür herausspaziere.

„Nein, wir sehen nicht nur vorübergehend nach dem Haus. Wir sind auch hier eingezogen“, erwiderte Kathrin.

Das schlug ein wie eine Bombe. Herrn Breck fiel die Kinnlade fast hinunter auf sein schweißgetränktes Flanellhemd. Er tippte kurz an seinen Hut, stampfte mit dem Stiel des Rechens auf den Boden, drehte sich abrupt um und wandte sich wieder seiner Gartenarbeit zu. „Sie müssen mal Ihren Rasen mähen“, rief er zum Abschied, ohne sich umzudrehen.

„Hat mich auch sehr gefreut“, gab ihm Kathrin zur Antwort.

„Das ist ja ein netter Nachbar. Ist ja einfach toll hier.“ Paula öffnete trotzig die Keksdose und wühlte wahllos darin herum, bis sie sich einen Schokoladenkeks rausfischte und den Deckel geräuschvoll zurück auf die Dose knallte.

Kathrin übersah den Unmut ihrer Tochter und goss den Saft in die Gläser.

„Oma hatte mich schon vorgewarnt vor dem netten Herrn Breck", begann sie zu erklären. „Er lebt alleine hier und passt auf wie ein Schießhund. Hat also auch Vorteile, hier zu leben, mit einem Wachhund direkt vor der Tür. Mich wundert nur, dass er nicht bemerkt hat, dass wir hier mit Sack und Pack angekommen sind. Anscheinend war er nicht da."

„Na prima. Schnüffelt also überall herum. Was anderes heißt das für mich nicht. Und sein blöder Köter?"

„Das ist nicht seiner", antwortete Kathrin. „Soviel ich weiß, gehört der Frau Jacobi. Die lebt dort drüben in dem kleinen mit Efeu überwucherten Haus." Kathrin zeigte auf ein Häuschen, das durch eine große Wiese und Rabatten von dem Haus von Herrn Breck getrennt lag und mit grünem Efeu und einem Geflecht aus Rosen und Clematis fast völlig behangen war. Nur die Fenster und die Haustür waren ordentlich freigeschnitten. Es passte so gar nicht neben das Haus von Herrn Breck, das nur mit korrekt zurückgeschnittenen Hecken und Büschen und von einem kleinen gepflegten Nutzgarten umringt war.

„Lass mich raten, die beiden verstehen sich sicher ganz wunderbar."

„Da kannst du mal von ausgehen." Kathrin lachte und legte zwei Sofakissen auf die harten Holzstühle.

„Der hat sicher was auf dem Kerbholz“, bemerkte Paula nachdenklich und trank einen großen Schluck Saft. Ihre Mutter antwortete nicht. Sie streckte ihre Nase der Sonne entgegen und schien nichts mehr um sich herum wahrzunehmen.

„Ach, ist das schön“, seufzte sie.

Paula wusste, dass sie Recht hatte. Der Garten und das Haus ihrer Oma waren einfach bezaubernd, in einer Toplage und nicht zu vergleichen mit den engen Wohnungen, die sie bisher bewohnt hatten. Und trotzdem konnte sie sich nicht so recht darüber freuen. Paula überlegte, warum sie vor ein paar Wochen, als sie ihre Oma hier übers Wochenende besucht hatte, nie auf Herrn Breck gestoßen war. Oma hatte ihr von den Nachbarn überhaupt nichts erzählt. Im Gegensatz zu Paula war ihre Oma immer kontaktfreudig und wusste über alles und jeden irgendetwas zu berichten, auch wenn sie selber erst vor wenigen Monaten hierhergezogen war.

„Ich mache einen kurzen Spaziergang.“ Abrupt stand Paula auf. Ihre Mutter sah sie fragend an.

„Mach dir keine Sorgen“, sagte Paula. „Ich langweile mich ein wenig. Ich will nur mal die Gegend erkunden. Bin gleich wieder da.“

„Okay, sei vorsichtig. Und bleib nicht so lange.“

Bin doch kein Baby mehr, hätte Paula am liebsten geantwortet. Sie nickte ihrer Mutter kurz zu und hob demonstrativ ihr Smartphone hoch, damit Kathrin beruhigt sein konnte. Dann stapfte sie zielstrebig über den hoch gewachsenen Rasen, bis sie die Straße erreicht hatte.

Sie hatte ihn erst gar nicht bemerkt. Er lag im Schatten eines üppigen Rhododendronbusches und blickte kurz auf, bemerkte, dass er eine Fremde vor sich hatte, und begann direkt zu knurren.

„Halt die Klappe", sagte Paula mutig. Ihr Herz klopfte lauter, als der struppige Hund sich aufsetzte und die Zähne fletschte. Paula wusste intuitiv, wenn sie wegrannte, würde er sofort die Jagd beginnen. Wie der hungrige Wolf hinter einem Reh. Paula spürte, wie ihre Hände feucht wurden. Mama, wo bist du? Sie wollte schreien, kam sich aber gleichzeitig ziemlich dämlich dabei vor. Da würden die Nachbarn ja sofort den richtigen Eindruck von ihr bekommen.

„Hast du Schiss?" Ein Junge mit abgeschnittener Jeans und einer viel zu großen Baseballkappe sah Paula prüfend an. Er hatte die Hände in seinen Taschen vergraben und wippte auffordernd auf den Zehenspitzen, als warte er nur darauf, dass der Hund auf Paula losstürzte.

„Wie kommst du denn darauf?", fragte Paula trotzig. Das hatte ihr gerade noch gefehlt, dass dieser hergelaufene Typ bemerkte, dass sie Angst hatte.

„Na, du siehst nicht gerade gechillt aus. Vor Rodolpho musst du keine Angst haben. Der tut nur so. In Wirklichkeit hat er Angst vor dir."

„So wie du, wie?“ Paula ballte die Fäuste. Eigentlich wusste sie gar nicht, warum sie so etwas sagte. Der Hund war aufgesprungen, schnüffelte an den Turnschuhen des Jungen und wedelte mit dem Schwanz.

„Ha, du kommst dir wohl besonders schlau vor. Wenn ich nicht gewesen wäre, hätte er dich wahrscheinlich zerfleischt. Er sieht nämlich ziemlich hungrig aus, findest du nicht?“ Der Junge tätschelte dem ungepflegten Ungetüm namens Rodolpho den Kopf. „Ja, ich weiß, du magst keine Fremden. Ich auch nicht“, sagte er.

Paula wurde sauer. Was bildete der Typ sich ein, wie er mit ihr reden konnte?

„Ich heiße übrigens Felix. Ich wohne da drüben.“ Felix deutete auf ein gelbes Reihenhaus am Anfang der Straße. „Und wie hast du dich hierher verirrt?“

„Das geht dich gar nichts an.“ Paula stampfte abrupt mit dem Fuß auf, so dass Rodolpho erschrocken ein paar Schritte nach hinten wich und wieder anfing zu knurren.

„Dann bitte ich vielmals um Entschuldigung.“ Felix nahm seine Kappe ab und machte eine alberne Verbeugung. „Also, schönen Tag noch. Komm Rodolpho, die Dame hier will nichts mit uns zu tun haben.“

Felix und Rodolpho drehten sich um und zockelten gemächlich die Straße hinunter. Paula wartete, bis die beiden im Garten des gelben Reihenhauses verschwunden waren, bevor sie sich selbst auf den Weg machte. Idioten, dachte sie. Und wie der überhaupt aussah. Grässlich. Und der blöde Köter sowieso. Lasst mich doch alle in Ruhe! Sie ging schnellen Schrittes und spürte den Blick von Herrn Breck auf sich ruhen, als sie an seinem Haus vorbeikam. Paula wurde schneller. Sie fühlte sich hier nicht wohl. Sie wollte nur weg. Sie begann zu rennen. Die Tränen liefen ihr die Wangen hinunter. Ich will nicht wieder weinen, dachte sie und lief schneller. Sie war völlig aus der Puste, als sie ein paar Straßen weiter einen Bäcker, einen Lebensmitteldiscounter und eine Drogerie gefunden hatte. Außerdem gab es einen Friseur, eine Metzgerei und sogar ein Klamottengeschäft und ein kleines Bistro. Ganz so gottverlassen war diese Gegend also doch nicht. Paula wühlte in ihren Taschen, hatte aber kein Geld dabei. Ratlos schaute sie sich um und wusste nicht wohin. Die Füße schmerzten von dem Gerenne in den Flip-Flops. Sie zog sie aus und versuchte, barfuß weiterzugehen. Der Asphalt war noch nicht zu heiß. Mit dem Handrücken wischte sie sich die Tränen aus dem Gesicht und überlegte, wohin sie gehen könnte. Ohne Geld kann ich hier nicht viel machen, dachte sie. Aber nach Hause will ich jetzt auch noch nicht. Paula sah verstohlen zur Kirche hinüber, die direkt hinter dem Marktplatz prangte und von alten Eichen umringt war.

„Was machst du denn hier, Kleine? Wohl verirrt, wie?“

Paula erschrak. Was war denn das für ein Typ? Er hatte seine Hand auf Paulas Schulter gelegt und sah sie lächelnd an. Er trug eine zerbeulte Jeans und ein schmuddeliges Muskelshirt. Die Haare hatte er kurz rasiert und eine seltsame Tätowierung zierte seinen rechten Oberarm.

„Soll ich dich nach Hause bringen?“ Aus dem Lächeln war ein hämisches Grinsen geworden. Ihm fehlte ein Stück vom Schneidezahn. Paula bekam Angst.

„Nein, danke“, sagte sie schnell, schüttelte seinen Arm ab, drehte sich abrupt um und rannte zurück nach Hause vorbei an dem gelben Reihenhaus, wo Felix und Rodolpho im Garten spielten, und dem Haus von Herrn Breck, der gerade seinen Rasenmäher säuberte. Wieso habe ich bloß kein Taschentuch?, dachte sie, als sie endlich vor Oma Gertruds Haus ankam und das Gartentor öffnete.

Kathrin erkannte sofort, dass Paula geweint hatte.

„Sollen wir lieber reingehen?“, fragte sie und stand auf. Ihre Tochter folgte ihr, ohne etwas zu erwidern. Kathrin nahm ihre Hand und führte Paula zum Sofa. Das Mädchen ließ sich fallen und schluchzte. Sie nahm eines von Omas Sofakissen und drückte es fest gegen ihren Bauch.

„Mama, ich will nach Hause“, stammelte sie.

„Ich weiß“, sagte Kathrin und streichelte über Paulas Kopf.

„Bitte sag, dass wir nach den Ferien wieder abreisen. Bitte, Mama. Du findest auch woanders einen Job.“

Kathrin hätte am liebsten mit ihrer Tochter geweint.

„Oh, Kind. Es tut mir so leid. Aber glaub mir, es ist das Beste für uns beide. In ein paar Wochen sieht alles ganz anders aus. Du musst uns nur mehr Zeit geben. Dann löst sich das Problem von alleine. Du bist doch auch so gerne bei Oma. Und jetzt, wo sie dieses schöne große Haus von Onkel Hans geerbt hat, haben wir doch alle viel Platz, um neu anzufangen. Und außerdem, du hast doch immer so leicht Freunde gefunden. Du wirst es auch diesmal schaffen."

„Nein, Mama, diesmal ist irgendwie alles anders. Ich habe Angst, Mama."

Kathrin musste schlucken. Das hatte sie nicht erwartet. Sie nahm ihre Tochter fest in die Arme und ließ sie weinen.

„Ich habe auch Angst", sagte sie leise. „Aber wir schaffen das."

2. Der nächtliche Besucher

Paula saß noch lange auf der breiten Fensterbank in ihrem Zimmer und starrte hinaus in die klare Nacht. Sie ärgerte sich über ihr albernes Verhalten. Alte Heulsuse, dachte sie. Sie hatte schnell eingesehen, dass ihre Heulattacke völlig überflüssig gewesen war. Es änderte ja doch nichts. Im Grunde hatte sie in Dortmund auch nur eine einzige wirklich gute Freundin gehabt. Und Dortmund lag ja nun wirklich nur eine Autostunde entfernt. Außerdem skypte sie wöchentlich mit ihrer Freundin und der Clique.

Paula hatte den Nachmittag bei glühender Hitze damit verbracht, ihre Bücher in die Schränke zu räumen, ihren Schreibtisch aufzubauen und ihre T-Shirts und Jeans zu ordnen. Dabei hatte sie sich abreagieren können und bekam einen klaren Kopf. Der Tag war schnell vorübergegangen. Katrin hatte zum Abendbrot ihre legendäre Pizza „mit allem drauf" gemacht, und sie hatten schweigend im Garten gesessen, einfach nur die Stille genossen und gegessen. Unter dem Vorwand, sie sei müde, hatte Paula ihre Mutter im Garten zurückgelassen und sich bepackt mit einer Tüte Chips und einer Flasche Mineralwasser in ihr Zimmer geschlichen und Musik gehört. Eine Etage tiefer brummte der Fernseher. Paula war sich sicher, dass Kathrin bereits schlief. Sie brauchte nur wenige Minuten vorm Fernseher zu liegen und sie schlief ein. Egal, wie spannend der Film auch war.

Draußen vor ihrem Fenster zirpten die Grillen. Paula liebte dieses Geräusch. Sie fand es beruhigend, hinauszuschauen und in die Nacht zu lauschen und zu träumen. Der Himmel war klar, so dass sie einen guten Blick auf die Sterne hatte. Oma hatte ihr letztes Jahr einige Sternenbilder erklärt, aber Paula konnte sich nicht an alle Einzelheiten erinnern. Schade eigentlich, dachte sie. Hatte Oma nicht sogar ein Teleskop gehabt? Wo konnte das sein? Sie nahm sich vor, ihre Oma danach zu fragen, wenn sie endlich aus ihrem Urlaub wieder zurück war. Eigentlich hat Mama Recht, dachte sie. Es ist schön, bei Oma zu wohnen, und so ein großes Zimmer hatte ich noch nie und schon gar nicht einen so riesigen Garten. Paulas Blick fiel auf das ordentliche Haus von Herrn Breck. Jeder Baum und jeder Strauch davor schien seinen genau zugewiesenen Platz zu haben. Wie Zinnsoldaten standen die Rosenbäumchen aufgereiht. Kein Blatt lag auf der Wiese oder den gepflasterten Wegen und kein Windchen schien dieses Bild zu erschüttern. Irgendwie gespenstisch, dachte Paula. So ordentlich dieser Mann auch war, sie mochte ihn nicht. Sie wusste nicht einmal genau warum. Wenn sie sich recht erinnerte, hatte er heute bei ihrer ersten Begegnung nicht einmal gelächelt. Überhaupt, er hätte sie ja wenigstens mal willkommen heißen können. Nichts. Unsympathischer alter Kauz, dachte Paula. Oma hätte uns vor ihm warnen sollen. Hoffentlich sind die anderen Nachbarn nicht solche grantigen Stinkstiefel.

Herr Breck hatte Besuch. Laute Stimmen klangen plötzlich aus einem gedämpft beleuchteten Zimmer. Schattenhafte Gestalten huschten in dem Raum umher. Paula versuchte zu lauschen, konnte aber nicht erkennen, was gesprochen wurde, obwohl einige Fenster auf Kipp geöffnet standen. Ein Schauder lief ihr über den Rücken, als plötzlich die Terrassentür geöffnet und rasch zugeknallt wurde und eine dunkel gekleidete Gestalt den Garten verließ und über die Wiese zum Haus von Frau Jacobi eilte. Paula rutschte ein Stück hinter ihren Vorhang und spähte gespannt hinüber. Sie konnte nichts sehen, aber sie hörte, dass eine Tür aufgeschlossen wurde und jemand leise fluchte, bevor die Tür wieder ins Schloss fiel. Paula wartete, bis das Licht eingeschaltet wurde, aber es geschah nichts. In der Ferne bellte ein Hund. Ob das Rodolpho war, fragte sie sich.

„Was machst du denn noch so spät hier?"

Paula zuckte erschrocken zusammen. Kathrin stand hinter ihr und zupfte an Paulas roter Mähne.

„Ich konnte nicht schlafen", sagte Paula kleinlaut.

„Soso. Ist auch ein viel zu schöner Abend heute, um zu schlafen." Kathrin griff nach der leeren Chipstüte, kratzte ein paar Krümel heraus, die sie sich genüsslich in den Mund schob, und leckte sich anschließend schmatzend die Finger ab.

„Mmh, du lässt es dir ja richtig gut gehen hier oben." Kathrin versuchte erneut, der Tüte ein paar Krümel zu entlocken. „Du hast ein wirklich schönes Zimmer mit einem tollen Blick auf den Garten."

„Ja, ich weiß", sagte Paula und schaute erneut gebannt hinüber zu Frau Jacobis Haus. „Mama, da drüben brennt kein Licht im Haus", bemerkte sie schließlich.

„Dann wird die gute Frau Jacobi nicht zu Hause sein oder ist schon brav schlafen gegangen."

„Nein, nein. Du verstehst nicht. Da ist gerade jemand ins Haus gegangen und hat kein Licht gemacht. Er ist einfach da drin verschwunden." Paula rieb sich die fröstelnden Arme.

„Bist du dir sicher? Ich sehe nichts." Kathrin spähte angestrengt in die Dunkelheit.

„Doch, Mama, ganz sicher. Da war jemand bei Herrn Breck im Haus, ist dann rüber über die Wiese zu Frau Jacobi und dort im Haus verschwunden. Wirklich, Mama!"

„Vielleicht war es ja Frau Jacobi."

„Nein, ich glaube, das war ein Mann, außerdem war er ganz dunkel gekleidet." Paula sah ihre Mutter flehend an.

„Es kann aber auch sein, dass du einfach nur sehr müde bist und die Person, die bei Herrn Breck zu Besuch war, ist über die Wiese gelaufen, weil es eine Abkürzung zur Nebenstraße ist, wo sie vielleicht ihr Auto geparkt hat."

Paula seufzte. „Wenn du meinst", antwortete sie. Sie war tatsächlich sehr müde und wollte auch eigentlich gar nicht glauben, was sie da eben gesehen und gehört hatte.

„Wenn es dich beruhigt“, erwiderte Kathrin, „gehe ich morgen rüber zu Herrn Breck und plaudere ein bisschen mit ihm. Vielleicht erzählt er mir ja, dass er gestern Besuch hatte. Und jetzt komm. Es ist schon elf Uhr durch. Wir müssen schlafen.“ Kathrin knuffte ihre Tochter zum Abschied in den Arm. „Gute Nacht. Schlaf gut“, sagte sie, als sie Paulas Zimmer verließ.

Paula schlief sehr unruhig. Sie träumte wirres Zeug von ihrer Oma, die allein in einer Garage wohnte, und einem Einbrecher, der versuchte, ihr die Auflagen für die Gartenmöbel zu stehlen, während Oma Gertrud sich mit einer Forke verteidigte. Paula schreckte hoch. Es dämmerte bereits. Die Vögel machten einen Höllenlärm. Oder was auch immer das war. Nein, die Vögel waren es nicht. Etwas anderes hatte sie geweckt. Paula lauschte. Nichts. Alles stumm. Irgendwo da draußen wurde ein Motor angelassen und ein Wagen fuhr davon. Paula blickte auf ihren Wecker. Halb fünf. Na super. Sie stand auf und ging zu ihrem Fenster hinüber. Vorsichtig öffnete sie den Vorhang einen Spalt und sah hinunter in den Garten. Alles war wie gestern. Drüben im Haus von Frau Jacobi rührte sich nichts. Paula seufzte, streckte sich und ging zurück zu ihrem Bett. Wieder ein lautes Geräusch. So, als würde eine Tür zugeschlagen. War der Fremde der letzten Nacht wieder zurück? In Windeseile sprang Paula an ihr Fenster und öffnete erneut den Vorhang. Unten im Garten stand Herr Breck und blickte hinauf zu ihr. Paula erschrak und versteckte sich flugs hinter dem Vorhang. Sie hörte, wie ihr Herz hämmerte. Verängstigt ballte sie ihre Fäuste und starrte gegen die Wand. Sie traute sich kaum zu atmen und lauschte gebannt, was sich jetzt da draußen tat. Eine Ewigkeit schien zu vergehen, bis endlich ein quietschender Wasserhahn aufgedreht wurde und eine Gießkanne oder ein Eimer gefüllt wurde. Paula atmete tief durch. Der bekloppte Herr Breck gießt morgens in aller Herrgottsfrühe seine Blumen, dachte sie und wagte erneut einen Schritt an ihr Fenster. Sie wartete, bis er den Wasserhahn zudrehte, und spähte durch einen winzigen Spalt ihres Vorhanges. Ja, kaum zu glauben, aber genau so war es. Herr Breck goss seine Rosen. Er trug dieselben Sachen wie am Vortag. So, als hätte er sie gar nicht ausgezogen. Paula stampfte wütend mit dem Fuß auf und ging wieder zurück zu ihrem Bett. Ich habe sicher nur geträumt, dachte sie, als sie sich die Decke bis zum Kinn zog. Bloß wieder einschlafen, mehr will ich gar nicht. Zischend ließ sie die Luft zwischen ihren Zähnen entweichen, als draußen erneut der quietschende Wasserhahn aufgedreht wurde. Paula rollte sich auf die Seite. Ich will schlafen.

Als Paula erneut wach wurde, war es bereits nach acht. Ihre Mutter hantierte unten in der Küche und trällerte zu einer Melodie im Radio, das sie laut aufgedreht hatte. Paula seufzte. So viel gute Laune am frühen Morgen war kaum zu ertragen. Sie ließ noch einmal die Geschehnisse des letzten Abends und des frühen Morgens durch ihren

Kopf gehen. Paula war sich plötzlich nicht mehr sicher, ob sie das alles tatsächlich gesehen hatte. Ihre Mutter würde sie für verrückt erklären. Der seltsame Traum mit ihrer Oma fiel ihr wieder ein. Ich muss heute unbedingt Oma Gertrud anrufen und fragen, wie es ihr so geht. Draußen kläffte schon wieder dieser bescheuerte Rodolpho, der aussah, als hätte eine Katze ihm gehörig das Fell rasiert. Paula musste grinsen. Sie war ziemlich neugierig auf diese Frau Jacobi, die ihrem Straßenköter einen so klangvollen Namen gegeben hatte, es aber nicht für nötig hielt, ihn mal zu baden und ordentlich zu bürsten. Wahrscheinlich ging sie gar nicht mit ihm Gassi und ließ ihn morgens einfach aus dem Haus, in der Hoffnung, er würde sein Geschäft schon irgendwo in der Nachbarschaft erledigen. Wahrscheinlich bei Herrn Breck zwischen den Rosen. Der wird sich freuen. Schnell strampelte Paula die Bettdecke hinunter und sprang aus dem Bett. In weniger als zehn Minuten war sie fertig im Bad und komplett angezogen und hüpfte die Treppen hinunter in die Küche.

„Mama, ich habe mir da etwas überlegt“, begann sie.

„Guten Morgen, mein Schatz. Stell dir vor, ich war schon in aller Frühe beim Bäcker.“ Kathrin wedelte mit einer Tüte Brötchen vor Paulas Gesicht, machte eine komische verschnörkelte Pirouette und beendete den ganzen Quatsch mit einer tiefen Verbeugung vor ihrer Tochter, während sie die Brötchen in den Frühstückskorb schüttete. Paula musste lachen, verbeugte sich ebenfalls und setzte sich an den gedeckten Tisch. Kathrin stellte das Radio leiser und holte die Teekanne.

„Hast du gut geschlafen?“, begann sie.

„Ja. Nein, eigentlich nicht. Stell dir vor, der seltsame Breck gießt morgens um fünf seine Rosen. Ist das irgendein Ritual oder will er uns nur ärgern?“

„Ich bin auch davon wach geworden. Ich werde ihn heute bitten, den Wasserhahn zu ölen. Mach dir keine Sorgen, wir gewöhnen uns schon daran“, fügte sie beschwichtigend hinzu. „Weißt du noch damals, als wir direkt am Bahnhof gewohnt haben? Nach nur wenigen Tagen haben wir tief und fest geschlafen, obwohl draußen stündlich die Bahn her donnerte.“

„Ja, wahrscheinlich hast du Recht.“ Paula wusste nicht, wie sie ihrer Mutter sagen sollte, dass sie sich in der Nähe von Herrn Breck unwohl fühlte. Bedächtig schnitt sie ihr Brötchen auf und bestrich es mit Butter und reichlich selbstgemachter Erdbeermarmelade aus Omas Vorrat.

„Mama“, sagte sie nach einer langen Pause und goss sich eine große Tasse Tee ein. „Können wir heute nicht mal rüber zu Frau Jacobi und sie besuchen? Ich würde sie gerne kennen lernen.“

Kathrin lächelte. „Das ist eine gute Idee. Ich bin der Meinung, wir sollten allen Nachbarn einen kurzen Besuch abstatten und uns vorstellen, bevor sie wie Herr Breck einen Schock bekommen, wenn sie erfahren, dass wir hier eingezogen sind.“

Paula schluckte.

„Ja, das ist sicher eine gute Idee“, erwiderte sie und musste unweigerlich an Felix denken, der sicherlich blöd gucken würde, wenn sie plötzlich bei ihm aufkreuzte und sich vorstellte, als hätten sie sich noch nie gesehen.

„Aber das eilt ja nicht“, sagte sie schnell und biss genüsslich in ihr Brötchen.

Den Rest des Frühstücks verbrachten sie mit Planungen und der Frage, in welcher Farbe sie das Wohnzimmer und den angrenzenden Wintergarten streichen wollten. Oma hatte ihnen gesagt, dass alles erlaubt sei. Und so wie Paula ihre Oma kannte, war sie auch für alles offen, Hauptsache, es war wieder Leben in der Bude und es war jemand dort, der sich um das große Haus und ihren geliebten Garten kümmerte, wenn sie auf Reisen war. Paula vermisste ihre Oma sehr. Sie zählte die Tage, bis sie endlich von ihrer Italienrundreise zurück sein würde.

„Paula, träumst du?“ Kathrin stupste ihre Tochter mit dem Ellbogen an.

Paula sah ihre Mutter fragend an. Sie trug heute das geblümte Sommerkleid, das Paula so gerne mochte.

„Ich hatte mal so gedacht, wir fahren gleich in den Baumarkt und suchen Farbe aus. Wäre doch schön, wenn wir mit dem Wohnzimmer fertig wären, bevor Oma kommt. Und abends gehen wir in die Stadt zum Italiener. Was hältst du davon?“

In die Stadt gehen, wie sich das anhörte! Frankfurt und München waren Städte. Dies hier war tiefste Provinz. Paula seufzte.

„Klingt gut“, erwiderte sie und begann, den Tisch abzuräumen.

Obwohl der Baumarkt gerade erst geöffnet hatte, war der Parkplatz bereits gut gefüllt. Paula mochte Baumärkte nicht sonderlich. Ihre Mutter konnte sich dort stundenlang aufhalten. Irgendetwas fand sie immer. Obwohl sie nur Farbe, Pinsel, Klebeband und Folie zum Abkleben brauchten, begannen sie ihren Rundgang in der Gartenabteilung, wo Paula ihre Mutter davon abhalten musste, viel zu teure Auflagen für die Gartenstühle zu kaufen.

„Oma hat bestimmt noch irgendwo welche. Wir warten, bis sie wieder zurück ist und fragen sie. Oder ich rufe sie heute einfach mal an.“

Kathrin gehorchte und packte lediglich zwei Fackeln für den Garten ein. Als sie in die Pflanzenabteilung einbogen, stand plötzlich Felix vor ihnen.

„Moin“, sagte er und tippte grinsend an seine Mütze.

„Guten Morgen“, brummelte Paula und wollte schon an ihm vorbeieilen.

„Moment mal, willst du mich nicht vorstellen?“ Kathrin hatte es geschafft, Paula den Fluchtweg mit dem Einkaufswagen zu versperren. Keine Chance wegzukommen.

„Ich bin Felix Rasche. Ich wohne am Ende der Straße in dem neuen Reihenhaus. Ihr seid die Neuen im Haus von Oma Gertrud, richtig?" Felix nahm brav seine Kappe ab, strich mit dem Handrücken die Haare glatt und gab Kathrin die Hand. Paula biss sich auf die Unterlippe. Oma Gertrud nannte er sie. So eine Frechheit!

„Das freut mich aber ganz besonders, dich kennen zu lernen. Mein Name ist Kathrin Pitrelli. Paula kennst du ja offensichtlich schon."

„Und das ist meine Zwillingsschwester Charlotte." Felix zog ein blondes Mädchen unsanft am Ärmel zu sich, das gerade mit einer Packung Rosendünger den Gang entlangkam. Auch Charlotte gab Kathrin brav die Hand und nickte Paula freundlich zu. Paula lächelte zurück, obwohl ihr nicht danach war. Charlotte sah ihrem Bruder sehr ähnlich. Sie trug keine Kappe und hatte die langen Haare zu einem ordentlichen Pferdeschwanz geflochten. Kathrin sabbelte ohne Pause fröhlich weiter. Der Alptraum nahm kein Ende, als auch die Eltern von Charlotte und Felix auf der Bildfläche erschienen und sich vorstellten. Kathrin schien begeistert zu sein, während Paula am liebsten im Erdboden versunken wäre. Sie spürte, dass Charlotte sie genau beobachtete, während Felix alberne Klimmzüge an einem Metallregal mit Blumentöpfen vollzog. Hoffentlich bricht jetzt das Regal zusammen, dachte Paula hämisch.

„Das ist aber sehr nett von Ihnen. Wir freuen uns", hörte sie auf einmal Frau Rasche sagen.

„Schön, dann bis bald. Ich melde mich“, sagte Kathrin zum Abschied und schob ihren Einkaufswagen weiter den Gang entlang.

„Was heißt denn ‚bis bald‘?“, fragte Paula besorgt, als sie außer Hörweite war.

„Hast du nicht zugehört? Ich hab nur schon mal zu unserer Einweihungsparty eingeladen.“

„Wofür soll das denn gut sein?“ Paula war genervt.

„Na, hör mal, das macht man so. Außerdem ist das ein netter Anlass, die Nachbarn kennen zu lernen. Wir machen die Party, wenn Oma mit ihrer Freundin wieder zurück ist, laden noch ein paar Freunde ein und auch die ganze Familie.“

„Oh Gott. Wann soll das denn stattfinden?“

„Wenn wir so weit sind. Vielleicht in zwei oder drei Wochen. Ist übrigens ein guter Ansporn, um mit dem Renovieren fertig zu werden. Im Übrigen finde ich die Familie Rasche sehr nett. Die Zwillinge scheinen in deinem Alter zu sein. Sie wohnen auch erst seit ein paar Monaten in der Straße.“

„Du kennst sie doch erst ein paar Minuten. Wie kannst du da sagen, sie seien nett?“ Paula zupfte nervös an einem Margeritenbäumchen.

„Du hast ja Recht. Dann lernen wir sie halt besser kennen und wissen bald, ob sie nett sind oder vielleicht so Ekelpakete wie der Herr Breck.“ Kathrin brachte nichts aus der Ruhe. Sie gab ihrer Tochter einen kleinen Klaps auf die Finger und packte das Margeritenbäumchen in den Einkaufswagen.

„Oma hat genug Blumen“, sagte Paula bockig und folgte mit einigem Abstand ihrer Mutter.

„Nun komm schon!“, forderte Kathrin ihre Tochter fröhlich auf. „Wir müssen zurück in die Gartenabteilung. Wir brauchen einen großen Grill.“

„Wir brauchen Farbe!“, rief Paula hinter ihr her und wischte mit dem Handrücken eine Träne weg.

3. Neue Nachbarn

Das Abkleben des Wohnzimmers und des angrenzenden Wintergartens entwickelte sich zu einer mittelschweren Katastrophe. Nicht zuletzt, weil sie eine halbe Ewigkeit gebraucht hatten, um die Möbel von den Wänden zu rücken und fachmännisch mit Folie abzudecken. Selbst Kathrin hatte allmählich etwas von ihrer Fröhlichkeit verloren. Jetzt saßen die beiden völlig erschöpft auf den Stufen im Treppenhaus und tranken Limonade.

„Können wir uns heute Abend den Italiener nicht schenken und uns einfach irgendetwas in die Pfanne hauen? Ich mag heute nicht mehr irgendwo hingehen.“ Paula entwich ein langer Seufzer.

„Ich auch nicht“, antwortete Kathrin müde und lehnte ihren Kopf an das Treppengeländer. „Ich hatte ganz vergessen, wie doof Abkleben ist. Ich hätte wirklich gedacht, wir würden heute wenigstens die Decke des Wohnzimmers schaffen. Puh. Und den blöden Schrank da, den kriegen wir auch nicht von der Wand.“

Paula antwortete nicht. Sie musste daran denken, wie lange es damals gedauert hatte, in ihrer alten Wohnung die kleine Küche zu streichen. Damals hatte Kathrin das fertige Werk in knalligem Orange nicht gefallen und sie mussten alles wieder in Weiß überstreichen. Mindestens drei Mal. Die ganze Aktion hatte über eine Woche gedauert. Wenn es bei dem Wohnzimmer und dem Wintergarten auch so ein

Farbspektakel geben würde, na dann Mahlzeit. Sie würden es niemals bis zum Ende der Sommerferien schaffen.

„Wir könnten auch heute den Grill einweihen. Oma hat bestimmt noch Fleisch und Wurst in der Kühltruhe." Kathrin klang schon wieder ein bisschen fröhlicher. „In der Garage steht ja noch genug Grillkohle", dachte sie laut.

„Von mir aus", murmelte Paula gedankenverloren. „Hauptsache, es dauert nicht zu lange."

Jäh wurden sie durch die Türklingel aus ihren Gedanken gerissen. Kathrin sprang auf und riss die Tür auf. „Wow", sagte sie nur. Vor ihr standen Charlotte und ihre Mutter, bepackt mit einem Korb Leckereien.

„Das ist ja eine Überraschung! Kommt doch rein." Kathrin ging einen Schritt zurück, um den Weg für die beiden freizumachen.

„Wir wollten euch nur kurz in der Nachbarschaft willkommen heißen. Traditionell mit selbstgebackenem Brot und Salz." Frau Rasche übergab Kathrin einen Korb, in dem auch noch ein Stück Käse und Schinken lagen, dazu eine Flasche Rotwein.

„Das ist wahnsinnig nett. Wir haben gerade überlegt, was wir wohl zum Abendbrot essen wollen. Wir sind ganz schön geschafft von unseren Renovierungsarbeiten heute. Jetzt müsst ihr aber unbedingt mit uns essen." Kathrin wedelte überschwänglich mit ihrer freien Hand.

„Paula, hol mal bitte Gläser, Teller und Besteck. Wir gehen schon mal in den Garten."

„Ich helfe dir", sagte Charlotte und trottete hinter Paula her in die Küche. „Das ist ein tolles Haus hier", bemerkte sie, als sie die riesige Küche betraten.

„Ja, das stimmt", sagte Paula knapp und knallte das Tablett auf die Spüle.

„Bist du sauer?", fragte Charlotte vorsichtig.

„Nein, natürlich nicht", lenkte Paula ein. „Ich bin nur total geschafft von diesen bescheuerten Renovierungsarbeiten. Was möchtest du trinken?"

„Am liebsten irgendeinen Saft, wenn du hast", antwortete Charlotte.

„Klar, trinke ich auch am liebsten." Paula stellte eine Flasche O-Saft und Mineralwasser auf das Tablett. Irgendwie passte ihr das alles gar nicht, unangemeldeter Besuch war ihr schon immer lästig gewesen, aber sie musste das Beste daraus machen. Sie wühlte in der Besteckschublade und suchte nach dem Brotmesser. Dann legte sie alles auf das Tablett. Charlotte stellte Wasser- und Weingläser dazu. Paula nahm die Blumenvase mit Gartenblumen und gab sie Charlotte.

„Hier, nimm du die Blumen, ich trage das Tablett." Paula versuchte zu lächeln.

„Tolle Blumen", antwortete Charlotte verlegen und folgte Paula in den Garten.

Die beiden Mütter führten schon ein reges Gespräch über diverse Pflanzen und Kräuter. Paula und Charlotte deckten schnell den Tisch und stürzten sich genüsslich auf das selbstgebackene Brot und den Käse. Die beiden waren mit dem Essen schon fertig, bevor die Erwachsenen überhaupt begonnen hatten.

„Wenn du Lust hast, können wir rauf auf mein Zimmer gehen. Dürfen wir aufstehen?“, fragte Paula etwas lauter.

Kathrin nickte nur und plauderte ohne Punkt und Komma weiter. Paula winkte Charlotte, ihr zu folgen.

Charlotte staunte nicht schlecht über Paulas großes, helles Zimmer.

„Hast du viele Bücher!“, sagte sie und ließ ihren Zeigefinger über jeden einzelnen Buchrücken wandern, als würde sie die Titel in sich aufsaugen.

„Das habe ich auch und das auch“, murmelte sie, während Paula auf ihrem Smartphone nach der passenden Musik suchte.

„Möchtest du etwas Bestimmtes hören?“

Charlotte zuckte nur mit den Achseln. „Mir egal. Mach einfach mal was dran“, antwortete sie. „Wo ist eigentlich dein Papa?“

Paula zuckte zusammen. Das kam wie ein Donnerschlag.

„Er lebt wieder in Italien“, antwortete sie nach kurzem Überlegen. „Er hat dort eine neue Familie gegründet.“

„Cool. Italien! Warum verbringst du dort nicht deine Ferien?“

Paula antwortete nicht. Sie drehte sich um und stellte die Bluetooth-Box an. „Ist die Mucke okay?“, fragte sie, ohne weiter auf das Thema einzugehen.

„Klar. Das höre ich auch gern“, sagte Charlotte und blickte aus dem großen Fenster. „Du kannst ja direkt in den Garten von Breck-Schreck gucken.“

„Bitte, wie nennst du den?“, fragte Paula erstaunt.

„Breck-Schreck. Hat dir deine Oma nichts von ihm erzählt?“

„Nein. Mir nicht. Mama weiß auch nicht viel über ihn. Erzähl doch mal. Wie kam er denn zu diesem Namen?“ Paula setzte sich auf ihr Bett und winkte Charlotte zu sich. Die Musik dudelte leise vor sich hin.

„Na ja, er ist nicht sonderlich beliebt hier in dieser Straße. Felix hat ihn so genannt, weil er ihm schon mehrmals den Ball weggenommen hat, wenn er auf seinem heiligen Rasen gelandet ist. Ich sage dir, Mama wurde schon mehrmals zu ihm rüberzitiert und musste persönlich den Ball wiederholen. Jetzt darf Felix um des lieben Friedens willen nur bei uns auf dem kleinen Rasen im Vorgarten spielen oder eben zum Sportplatz fahren. Der ist richtig stinkig.“

„Hm, ja, freundlich erschien mir der Herr Breck auch nicht gerade, als ich ihm das erste Mal begegnet bin. Seltsam nur, dass mich Oma nicht vor ihm gewarnt hat.“

„Er soll früher auch nicht so gewesen sein, sagt Frau Jacobi." Charlotte wippte zur Musik mit den Füßen.

„Wo ist Frau Jacobi eigentlich?", fragte Paula.

„Im Krankenhaus. Sie ist ziemlich heftig von der Leiter gestürzt, als sie Kirschen pflücken wollte, und hat sich ein Bein gebrochen und die Rippen geprellt. Rodolpho, ihr Hund, ist momentan mehr oder weniger bei uns. Felix kümmert sich um ihn. Er wollte schon immer einen Hund haben."

„Ja, diesen Rodolpho habe ich auch schon kennen gelernt." Paula grübelte, ob sie Charlotte von dem berichten sollte, was sie letzte Nacht beobachtet hatte. „Wohnt sonst noch jemand bei Frau Jacobi oder wer kümmert sich um das Haus und den Garten, während sie im Krankenhaus ist?", fragte sie schließlich.

„Das macht seltsamerweise der Breck-Schreck. Den würde ich nie in mein Haus lassen. Niemals nie! Das steht fest." Charlotte war aufgesprungen und tanzte zur Musik. „Ist der Song nicht klasse?"

Paula musste lachen, als Charlotte über den Teppich stolperte und eine seltsame Verrenkung machte. Eigentlich ist sie ganz nett, dachte Paula. Für ihren bescheuerten Bruder kann sie ja nichts.

„In welche Klasse gehst du eigentlich nach den Ferien?" Charlotte setzte sich wieder zu Paula aufs Bett.

„In die siebte. Ich gehe aufs Marien-Gymnasium."

„Klasse, ich auch. Wenn wir Glück haben, kommen wir in dieselbe Klasse."

„Ja, vielleicht. Ich finde es nur ziemlich blöd, die Schule zu wechseln. Zumal Mama dort eine Anstellung als Lehrerin bekommen hat. Ich kann nur hoffen, dass ich nicht bei ihr Unterricht habe."

„Cool! Die ist doch nett. Ich möchte schon bei ihr haben. Aber ich glaube nicht, dass wir die jetzigen Lehrer wechseln. Die sind aber auch eigentlich alle ganz okay."

Draußen war ein ohrenbetäubender Lärm zu hören.

„Breck-Schreck bläst Dreck weg", sagte Charlotte und juchzte vor Begeisterung über ihren Witz. Ihr ansteckendes Lachen ließ auch Paula losprusten, bis ihr Tränen über die Wangen liefen.

„Der Typ ist doch voll schräg", sagte sie japsend und klopfte sich auf ihre Schenkel.

Sie hatten fast bis zehn Uhr zusammengesessen, gequatscht und viel gelacht. Meist über die Schule, Lehrer, die Klassenkameraden und natürlich Jungs. Paula hatte den Abend genossen. Sie hatte sich nicht getraut, Charlotte von den Ereignissen des letzten Abends zu berichten. Irgendwie kam sie sich selbst ziemlich albern vor und war sich gar nicht mehr so sicher, ob das alles stimmte, was sie gesehen hatte. Vielleicht war auch alles nur Einbildung. Auch Kathrin hatte der Abend gut gefallen. Charlottes Mama, Christine, schien sehr nett zu sein und die beiden hatten sich schon für die nächste Woche für einen Einkaufsbummel verabredet.

„Stimmst du mir jetzt zu, dass das nette Leute sind?“, fragte Kathrin, als sie das schmutzige Geschirr in die Spülmaschine räumten.

„Mhm. Doch, sind sie wohl“, antwortete Paula. Plötzlich fiel ihr ein, dass sie eigentlich ihre Oma hatte anrufen wollen.

„Mama, meinst du, ich kann Oma jetzt noch anrufen?“, fragte sie.

Kathrin schaute auf die Uhr.

„Würde ich heute nicht mehr tun“, antwortete sie. „Wenn die Oma den ganzen Tag irgendwelche Besichtigungstouren unternommen hat, geht sie sicher zeitig schlafen. Was willst du denn so Dringendes von ihr?“

„Ich suche das Teleskop. Ich hoffe nicht, dass sie es verkauft hat. Gestern Abend waren die Sterne so schön. Ich hätte sie gerne mal näher betrachtet.“

Kathrin schien zu überlegen.

„Das ist eine tolle Idee. Aber ich habe es bisher auch noch nicht gefunden. Sie hat es bestimmt nicht verkauft. Sie weiß doch, dass du dich für so was interessierst. Auf dem Dachboden haben wir noch nicht nachgesehen. Wir müssen sowieso mal schauen, was Oma noch alles für Schätze da oben versteckt hält. Am besten gehen wir direkt morgen früh dort hoch, dann ist es noch nicht ganz so heiß."

„Oder jetzt", sagte Paula und klatschte vor Begeisterung in die Hände. Dann goss sie sich ein Glas Wasser ein, gab ihrer Mutter einen Kuss auf die Wange und drehte sich auf dem Absatz um.

„Gute Nacht. Ich bin dann erst mal unterm Dach. Ich schaffe das schon alleine", sagte sie und stürmte mit dem Wasserglas in der Hand die Treppe nach oben.

Paula schob ein paar Kartons im Flur zur Seite und machte sich den Weg frei zum Dachboden. Die alte Holztür war verschlossen. Paula drehte den schmiedeeisernen Schlüssel um und öffnete die quietschende Tür. Wie eine Flutwelle schlug ihr die stickige heiße Luft des Dachbodens entgegen. Paula drückte auf den Lichtschalter direkt neben der Tür und holte noch einmal tief Luft, bevor sie die knarrenden Treppen nach oben stieg. Das Licht war gedämpft. Ich hätte eine Taschenlampe mitnehmen sollen, dachte sie. Sie stellte das Wasserglas am Treppenabsatz ab und steuerte geradewegs zu den Dachfenstern, die sich mühelos öffnen ließen. Paula stieß sie so weit wie möglich auf und atmete die frische Abendluft ein. Dann ließ sie den Blick über den Dachboden schweifen. Der Boden war gefüllt mit zahlreichen Kisten, die sorgfältig aufgestapelt und beschriftet waren. Unter der Decke baumelten an verschiedenen Haken und Seilen ein altes Kinderfahrrad und ein Schaukelpferd sowie anderer Krimskrams aus lang vergessener Zeit. Wahrscheinlich alles noch von Onkel Hans. Kathrin wird begeistert sein, hier oben kramen zu können, schoss es Paula durch den Kopf. Etliche Spinnweben tanzten im Luftzug auf und ab. Paula schauderte. Die tun mir nichts, redete sie sich ein und begann, die Beschriftungen auf den Kisten zu lesen. Plötzlich fiel ihr Blick auf ein kleines Dachfenster im Erker, vor dem das Teleskop stand. Na, das ging ja schnell, dachte sie erfreut. Neben dem Teleskop lagen die Auflagen der Gartenmöbel. Und darauf ein großes Fernglas. Paula stutzte und ging langsam zum Teleskop. Sie schaute hindurch. Es war auf den Garten von Herrn Breck gerichtet. Paula konnte nichts erkennen. Sie drehte am Schärferegler, bis sie einen klaren Blick auf den Garten hatte. Bei Breck war alles ruhig. Die Jalousien waren heruntergelassen. Nur ein kleiner Spalt verriet, dass Licht brannte. Paula schwenkte das Teleskop weiter zum Haus von Frau Jacobi, bemerkte aber schnell, dass die Schärfeeinstellung zu lange dauerte. Sie griff zum Fernglas und stellte es ein. Alles dunkel und still da drüben, dachte sie. So ein Quatsch! Was habe ich mir da bloß eingebildet? Aber warum hatte ihre Oma das Teleskop hier oben aufgebaut und nicht auf die Sterne gerichtet? Wieso das zusätzliche Fernglas? Paula schaute auf die Auflagen der Gartenmöbel, die wie ein bequemes Sofa auf einer Holzkiste aufgestapelt waren. Nein, das sind doch alles Hirngespinste, schoss es ihr durch den Kopf. Deine Phantasie geht mit dir durch, würde ihre Mutter jetzt sagen. Sie konnte sich ihre Oma auch wirklich nicht hier oben vorstellen, wie sie mit Keksen und Limonade bewaffnet auf den Kissen kauerte und darauf wartete, bis Breck oder sein unheimlicher Besucher irgendetwas im Schilde führten. Paula beschloss, ihrer Mutter vorerst nichts von der Entdeckung zu erzählen. Sie schloss die Dachfenster, nahm ihr Wasserglas und ging langsam die Treppen hinunter und rüber in ihr Zimmer. Sie setzte sich an ihr Fenster und seufzte. Morgen muss ich unbedingt Oma anrufen. Sie muss mir erzählen, was hier los ist. Da stimmt doch etwas nicht.

„Zeit fürs Bett."

Paula erschrak. Sie hatte ihre Mutter nicht kommen hören. „Ja, gleich", sagte sie verärgert. „Erschreck mich doch nicht so!"

„'tschuldigung, das wollte ich nicht. Hast du das Teleskop gefunden?"

„Ja. Es steht auf dem Dachboden. Durch die Dachfenster hat man wahrscheinlich einen besseren Blick hinauf in den Himmel."

„Da hätten wir auch eigentlich sofort drauf kommen können", antwortete Kathrin lachend. „Und? Wieder irgendwelche Gespenster bei Frau Jacobi?"

Paula kniff die Lippen zusammen. War ja klar, dass ihre Mutter sie nicht ernst nahm.

„Übrigens, Frau Jacobi ist im Krankenhaus. Herr Breck kümmert sich um ihr Haus und um den Garten. Hat mir Charlottes Mama erzählt. Also, alles ganz normal in der Nachbarschaft."

„Das weiß ich mittlerweile auch. Gute Nacht." Paula stapfte wütend zu ihrem Schrank, nahm frische Wäsche und ihren Pyjama und ging ins Badezimmer.

„Gute Nacht", sagte Kathrin und schlenderte rüber in ihr Schlafzimmer.

Paula konnte nicht schlafen. In ihren Gedanken kreisten die skurrilsten und wirrsten Gestalten herum. Ich bin doch nicht verrückt, dachte sie. Ich habe das doch alles wirklich gesehen. Sie setzte sich auf und lauschte. Es war still geworden. Selbst das Zirpen der Grillen war verstummt. Paula stand auf und ging an ihr Fenster. Brannte da nicht Licht bei Frau Jacobi? Ein schwacher Lichtschein leuchtete durch den Türspalt. Da war sie sich sicher. Oder nicht? Paula kniff die Augen fest zusammen und öffnete sie wieder. Ja, da war Licht. Sie dachte nicht lange nach, kramte ihre Taschenlampe aus dem Schreibtisch und verließ ihr Zimmer. Im Flur knipste sie die Taschenlampe an und ging bis ans Ende zur Dachbodentür. Vorsichtig drehte sie den Schlüssel um und öffnete langsam die quietschende Tür. Irgendeine Stufe knarrte. Welche war es nur? Zu spät. Paula blieb einen Moment gebannt stehen und lauschte, ob sie ihre Mutter vielleicht geweckt hatte. Dann schlich sie weiter, direkt auf das Erkerfenster zu. Sie stellte die Taschenlampe ab, öffnete vorsichtig das Dachfenster und blickte durch das Fernglas auf das Haus von Frau Jacobi. Ja, kein Zweifel, da brannte Licht. Vielleicht auch nur der dünne Schein einer Kerze. Aber es war Licht. Paula wartete, ohne den Blick abzuwenden. Dann wechselte sie rüber zu Herrn Brecks Haus. Nichts, nur Dunkelheit. Kein Laut. Was um alles in der Welt ist da bloß los, schoss es Paula durch den Kopf. Wieder schwenkte sie rüber zu Frau Jacobis Haus. Das Licht war aus. Verdammt, dachte Paula. Aufgeregt suchte sie den Garten ab, dann wieder zu Breck. Immer noch nichts. Plötzlich hörte sie in der Ferne eine Autotür zuschlagen und ein Motor heulte auf. Also doch. Paula blieb noch einen Moment auf dem Dachboden, setzte sich auf die Auflagen und lauschte in die Nacht. Als sie meinte, ein Rascheln in einer Ecke des Dachbodens zu hören, stand sie schnell auf, nahm ihre Taschenlampe und schlich leise wieder in ihr Zimmer. Ihr Wecker verriet ihr, dass es bereits ein Uhr war. Paula seufzte. Ich brauche dringend Schlaf. Sie nahm sich Schreibblock und Stift, setzte sich auf ihr Bett und begann zu schreiben:

Montag, der 13. – Breck-Schreck hat Besuch, sie streiten, eine dunkel gekleidete Gestalt verlässt das Haus durch die Terrassentür und läuft über die Wiese rüber zum Haus von Frau Jacobi – wenig später verschwindet die Person.

Dienstag, der 14. – es brennt Licht in Frau Jacobis Haus, nur kurz, bei Breck ist alles still, dann ist das Licht plötzlich aus; in der Ferne ist ein Auto zu hören.

Paula überlegte, ob sie an alles gedacht hatte. Dass Frau Jacobi im Krankenhaus war, daran gab es keinen Zweifel.

Sie machte einen Strich unter das Geschriebene und fuhr fort:

Als Erstes morgen Oma anrufen.

Sie umkreiste das Wort Oma mehrmals, kritzelte ein paar Blumen ringsherum und überlegte, ob sie Charlotte nicht einweihen sollte. Sie kannte die neue Nachbarin noch nicht gut, aber sie hatte das Gefühl, dass man ihr ein Geheimnis anvertrauen konnte. Ich muss es versuchen, dachte sie. Mama glaubt mir sicher nicht. Sie schrieb Charlottes Namen unter den ihrer Oma und begann, erneut Kringel darum zu malen. Frau Jacobi. Sie könnte mir eigentlich genau sagen, was in ihrem Haus los ist. Da muss ich mir was einfallen lassen, wie ich sie am besten befrage. Ja. Das wäre der einfachste Weg. Sie malte um Frau Jacobis Namen einen Kringel und zwei Ausrufezeichen, dann legte sie Block und Stift auf ihre Nachtkonsole. Langsam überkam sie die Müdigkeit. Schlaftrunken knipste sie das Licht aus und wartete, bis der Schlaf sie übermannte.

4. Verbündete

Am nächsten Morgen strotzte Paula vor Tatendrang. Bereits um sieben Uhr stand sie unter der Dusche, zog sich in Windeseile an und bereitete geräuschvoll das Frühstück. Kathrin warf ungläubig einen Blick in die Küche, murmelte ein verschlafenes „Moin“ und verschwand wieder. Paula wusste, dass ihre Oma eine Frühaufsteherin war. Sie machte es sich mit ihrem Smartphone auf der Eckbank bequem. Schnell scrollte sie durch die Nachrichten, die sie bekommen hatte, und schaute sich die aktuellsten Fotos an, die Oma Gertrud in ihrem Status gepostet hatte. Dann gab sie die Nummer ihrer Oma ein. Die Mailbox war eingeschaltet. Paula fluchte. So'n Mist! Eine Nachricht hinterlassen, dass sie dringend zurückrufen solle, wollte sie nicht. Oma Gertrud würde sich sonst unnötig Sorgen machen, was wohl passiert war. Und sie jetzt ständig versuchen zu erreichen, käme aufs Gleiche raus. Paula sah auf die Uhr. Ob sie vor acht wohl schon Charlotte nerven durfte? Sie wollte ihrer neuen Freundin nicht per WhatsApp schreiben, dass sie sie sprechen müsse. Und wer wusste schon, wann die Nachricht überhaupt versendet würde, bei dem lahmen Datentransfer hier draußen in der Pampa. Paula stopfte sich ein Brot mit Marmelade in den Mund und blätterte ungeduldig in der Zeitung. Bei einigen regionalen Artikeln verharrte sie und wunderte sich, dass hier auf dem Land die Zeitung voll war von Meldungen über Einbrüche. Immer wieder starrte sie auf die Uhr. Endlich. Acht Uhr. Mit einem Ruck stand sie auf und eilte aus dem Haus. Paula nahm ihr Fahrrad aus der Garage und strampelte die Straße hinunter. Es würde wieder ein heißer Sommertag werden. Als sie am Haus von Charlotte angekommen war, blieb sie stehen und sah an der Fassade herauf. Die Jalousien waren alle hochgezogen. Die Fenster weit geöffnet. Irgendwo schepperte Geschirr und eine Männerstimme sang laut. Ein fröhliches Haus, dachte Paula. Auf einmal war er wieder da. Das kleine zerzauste Wollknäuel namens Rodolpho sprang über den Gartenzaun und blieb schwanzwedelnd vor Paula stehen.

„Hm, heute so freundlich? Na, du bist ja ein toller Wachhund. Zisch ab." Paula hob abwehrend die Hand. Doch Rodolpho ließ sich nicht beirren und wedelte unbeeindruckt weiter mit dem Schwanz.

„Was willst du denn schon so früh hier?"

Paula drehte sich erschrocken um. Felix stand mit einer Brötchentüte beladen vor ihr und grinste. Er hatte wieder die alberne Kappe auf. Paula biss die Zähne zusammen und versuchte zu lächeln.

„Ist deine Schwester vielleicht schon wach? Ich müsste mal kurz was mit ihr besprechen."

„Klar ist sie das. Was willst du denn von ihr? Gibt es endlich das ultimative Haarspray auf dem Markt, über das ihr unbedingt reden müsst?"

Paula biss sich auf die Lippen und schloss kurz die Augen. Bloß nicht darauf eingehen, dachte sie.

„Das sag ich ihr dann schon selbst." Paula stellte grimmig ihr Fahrrad ab. War dieser Typ begriffsstutzig? „Kannst du sie bitte mal kurz rausholen? Dauert auch nicht lange", fügte sie ein wenig freundlicher hinzu. Felix antwortete nicht. Er kraulte mit der freien Hand Rodolpho hinter den Ohren und schien zu überlegen, bis er sich endlich Richtung Haustür auf den Weg machte. Die Tür war nicht verschlossen. Er verschwand im Flur und rief lauthals nach seiner Schwester.

„Charlotte, du hast Besuch. Komm mal schnell!"

Paula sah, wie Frau Rasche mit einer Glaskanne am Küchenfenster stand und Wasser einlaufen ließ. Sie winkte kurz und Paula grüßte zurück. Scheiße, ist das peinlich, dachte sie.

„Hi. Bist du aus dem Bett gefallen oder bist du morgens immer so unternehmungslustig?" Charlotte war noch im Nachthemd und grinste genauso schelmisch wie ihr Bruder.

„Sorry." Paula suchte nach den richtigen Worten. „Kannst du wohl gleich nach dem Frühstück kurz zu mir rüberkommen. Ich muss etwas Wichtiges mit dir besprechen." Paula versuchte, leise zu reden. Sie wollte Charlotte die Einzelheiten nicht hier im Garten erzählen. Außerdem war sie sich sicher, dass Felix irgendwo auf der Lauer lag und lauschte.

„Du meine Güte, machst du es aber spannend. Worum geht es denn?"

„Nur so viel: um den Breck-Schreck. Ich habe da etwas beobachtet. Und ich wollte gern, dass du mit mir zu Frau Jacobi ins Krankenhaus fährst, weil ich sie unbedingt was fragen muss." Paula spürte, dass Charlottes Neugier wuchs. Ihre Augen weiteten sich und ihr Mund blieb vor Erstaunen offen stehen. Wenn sie jetzt eine Kappe tragen würde, sähe sie genauso aus wie ihr Bruder, dachte Paula. Schließlich nickte Charlotte und schien zu überlegen.

„Gut", sagte sie endlich. „Ich komme in circa einer Stunde bei dir mit dem Fahrrad vorbei. Dann fahren wir rüber zum Krankenhaus. Ist nicht so weit. Unterwegs kannst du mir dann ja alles erzählen, okay?"

Paula war erleichtert. Sie nickte, nahm ihr Rad und fuhr zurück zum Haus.

Charlotte war pünktlich eine Stunde später da. Paula hatte ihrer Mutter etwas von einem Fahrradausflug erzählt und ihr versichert, dass sie nach zwei Stunden wieder da wäre, um beim Anstreichen zu helfen. Kathrin war ganz froh, dass Paula sich mit Charlotte gut verstand, und hatte keine Einwände. Dann würde sie eben erst mal ausgiebig frühstücken und die Waschmaschine anschmeißen, sagte sie zu ihrer Tochter zum Abschied.

Die beiden Mädchen strampelten eilig los, vorbei an Herrn Breck, der mit einer Tüte Brötchen die Straße entlangmarschiert kam.

„Einen wunderschönen guten Morgen, Herr Breck", rief ihm Charlotte munter entgegen. Herr Breck grunzte nur und Paula musste sich das Lachen verkneifen.

„Erzähl endlich. Was ist los mit dem Breck?"

Paula verlangsamte die Fahrt und überlegte, wo sie anfangen sollte. Dann begann sie, Charlotte alles zu erzählen, was sie bisher beobachtet und gehört hatte. Charlotte hörte zu, stellte zwischendurch ein paar Fragen und verfiel ins Grübeln, als Paula ihre Geschichte beendet hatte.

„Also, was sagst du dazu? Na los! Du kannst mir ruhig sagen, wenn du meinst, ich spinne."

„Nein, nein. Ich glaube dir ja", erwiderte Charlotte kleinlaut und hielt am Bordstein an. „Du willst also Frau Jacobi besuchen und sie fragen, wer sich in ihrem Haus aufhält, während sie weg ist? Das halte ich für ziemlich riskant."

„Wieso denn das?" Paula war irritiert.

„Vergiss nicht, dass die Frau krank ist. Außerdem ist sie schon ziemlich alt. Wenn du ihr das so sagst und deine Vermutung bestätigt sich, dass sich dort eigentlich momentan niemand aufhalten sollte, wirst du sie nur beunruhigen."

Paula seufzte. Charlotte hatte vollkommen Recht.

„Was schlägst du also vor?"

Charlotte sah in die Ferne und beobachtete zwei Krähen, die sich schimpfend auf einer Wäscheleine niederließen. Paula betätigte ungeduldig ihre Fahrradklingel.

„Eigentlich ganz einfach", fuhr sie endlich fort. „Zunächst mal kaufen wir einen kleinen Blumenstrauß, wenn wir schon einen Krankenbesuch machen. Ich hoffe, du hast Geld mit."

Paula nickte bestätigend und kramte in ihrer Hosentasche. An ein Mitbringsel für die kranke Frau Jacobi hatte sie gar nicht gedacht.

„Dann werde ich dich als neue Nachbarin vorstellen, und wenn wir so ins Palavern kommen, werde ich sie mal fragen, ob sie irgendetwas aus ihrem Haus benötigt, ein Buch zum Beispiel."

Paula riss staunend die Augen auf. Ja, das war es.

„Super", sagte Paula. „Dann können wir bei Breck den Schlüssel holen und erst mal im Haus von Frau Jacobi nachsehen, ob auch alles in Ordnung ist."

„So ungefähr", erwiderte Charlotte vorsichtig.

„Und wenn das nicht klappt? Kann doch sein, dass sie kein Buch benötigt. Was dann?" Paula wurde skeptisch.

„Dann fällt uns was anderes ein. Überlass das ruhig mir."

Charlotte schien ziemlich überzeugt von ihrer Idee. Da Paula keinen besseren Einfall hatte, willigte sie schließlich ein. Die beiden Mädchen machten sich auf den Weg zum Supermarkt, wo sie einen kleinen Strauß pinker Rosen kauften, und fuhren dann auf direktem Weg zum Marienhospital.

Das Krankenhaus lag auf einer Anhöhe. Die beiden Mädchen kamen völlig aus der Puste an, parkten ihre Räder und erkundigten sich an der Pforte nach dem Zimmer von Frau Jacobi. Sie nahmen den Aufzug in den dritten Stock. Da es noch früh am Morgen war, waren kaum Besucher auf den Fluren. Ein paar Schwestern wuselten geschäftig herum, ohne die Mädchen zu beachten. Charlotte klopfte an Zimmer Nummer 367, wartete auf ein leises Herein und öffnete die Tür.

„Hallo, Frau Jacobi", sagte sie und ging fröhlich strahlend auf das einzige Bett im Zimmer zu, in dem, versteckt in großen Kissen, ein kleiner, dünner Körper lag.

„Ja, das ist ja eine Überraschung. Nein, so was!" Frau Jacobi setzte sich mühsam im Bett auf. Paula war erstaunt, eine solch alte, schrumpelige Frau mit pechschwarzen Haaren und feuerrot geschminkten Lippen zu sehen.

„Das ist Paula, Paula Pitrelli. Unsere neue Nachbarin. Ich dachte, Sie würden sie mal gerne kennen lernen", säuselte Charlotte.

„Guten Tag, Frau Jacobi", sagte Paula und gab der alten Dame brav die Hand.

„Na, das finde ich aber toll!" Frau Jacobi klatschte entzückt in die Hände. „Schön, dich kennen zu lernen, Paula. Deine

Oma hat mir schon viel von dir und deiner Mama erzählt. Kommt, Mädels, setzt euch zu mir."

Charlotte rückte zwei Stühle vor und die beiden setzten sich direkt an das Bett der alten Frau.

„Sie sehen aber gut aus", flötete Charlotte.

„Danke, mein Kind. Es geht mir auch schon wieder viel besser." Frau Jacobi strich sich über ihr schwarzes Haar. Paula bemühte sich, die alte Dame nicht anzustarren. Obwohl sie mindestens fünfzehn Jahre älter war als ihre Oma, sah sie so viel jünger aus. Eigentlich gar nicht wie eine Oma.

„Und so schöne Blumen habt ihr mir mitgebracht. Meine Lieblingsfarbe. Charlotte, bist du so lieb und holst eine Vase? Draußen im Flur ist ein Schrank mit Vasen."

Charlotte sprang auf und stürzte hinaus auf den Flur.

„Und, Paula, wie gefällt es dir denn in unserer Straße?", fragte Frau Jacobi.

„Ach, ich muss mich erst noch eingewöhnen. Ist schon alles anders als in der Stadt. Aber es wird mir bald gelingen, denke ich." Paula versuchte zu lächeln und hoffte, dass Charlotte schnell zurück sein und das Wort ergreifen würde.

„Das ist ein schönes ordentliches Städtchen hier. Es wird dir schon gefallen. Deine Oma hat sich seinerzeit auch recht schnell bei uns eingelebt."

„Ach ja?“ Paula stutzte. Sie wusste gar nicht so genau, wann ihre Oma hierhergezogen war. Es konnte aber nicht länger als ein Jahr her sein. Charlotte kam mit einer viel zu großen Vase hereingepoltert und füllte sie im angrenzenden Bad mit Wasser. Der kleine Blumenstrauß verschwand förmlich in dem riesigen Behältnis.

„Wann kommen Sie denn hier raus?“, wollte Charlotte wissen, während sie die Vase auf den Beistelltisch neben dem großen Fenster platzierte.

„Ich denke, ein bis zwei Wochen wird das noch dauern. Und dann muss ich wahrscheinlich noch in die Reha. Ich habe mir ganz schön heftige Verletzungen zugezogen. So was Ärgerliches! Und das im Sommer. Ich vermisse meinen Garten, sage ich euch. Naja, und meinen lieben Rodolpho sowieso.“ Frau Jacobi schaute verträumt aus dem Fenster.

„Wenn Sie wollen, können wir Ihnen gerne was zum Lesen mitbringen, wenn wir wiederkommen. Wir könnten Ihnen ja ein Buch aus Ihrem Haus holen oder vielleicht ein paar Zeitschriften.“ Charlotte legte verschmitzt den Kopf schief und wartete auf eine Antwort.

„Ach, würdet ihr das wirklich tun? Das finde ich aber reizend“, antwortete Frau Jacobi und schien zu überlegen.

„Herr Breck hat doch einen Schlüssel von Ihrem Haus, oder?“, hakte Charlotte nach. „Wir könnten ihn ja fragen, ob er uns kurz hereinlässt, damit wir Ihnen ein Buch holen können.“

Paula merkte, wie ihr das Blut ins Gesicht schoss und ihr Puls sich beschleunigte, als Charlotte so kühn vorpreschte, ohne dabei rot zu werden.

„Mhm", sagte Frau Jacobi nur und überlegte weiter. „Zeitschriften habe ich genug, aber lesen kann ich sie gar nicht, weil ich meine Brille nicht hier habe", murmelte sie vor sich hin. Charlotte stupste Paula in die Seite und zwinkerte ihr zu.

„Ja, würdet ihr das denn wirklich tun?", fragte Frau Jacobi schließlich. Ihre blauen Augen strahlten.

„Selbstverständlich. Sagen Sie uns nur, was Sie brauchen. Wir kommen gerne wieder. Wir haben ja Ferien", antwortete Charlotte. Paula nickte nur. Sie brachte kein Wort heraus. Frau Jacobi erklärte den beiden, wo vermutlich ihre Brille lag. Dann fielen ihr weitere Dinge wie frische Handtücher, ihre Creme, Parfüm und ihre Hausschlappen ein. Charlotte und Paula verabschiedeten sich und versprachen, alles bald vorbeizubringen. Dann rannten sie den langen Flur entlang und die Treppen hinunter zu ihren Fahrrädern. Erst jetzt fand Paula wieder Worte.

„Ich kann es nicht glauben. Wir haben es geschafft", sagte sie völlig außer Atem.

„Habe ich doch gesagt. Jetzt müssen wir nur noch Breck-Schreck dazu bewegen, uns allein ins Haus zu lassen und die Dinge zu holen. Das wird nochmals schwierig."

Daran hatte Paula nicht gedacht. Ja, warum sollte Herr Breck die beiden alleine ins Haus lassen? Jemand, der

Kindern gegenüber so unhöflich war, hatte bestimmt auch kein Vertrauen zu ihnen. Und Recht hatte er ja. Sie wollten sich ja ausführlich im Haus umsehen, ob es Spuren von einem nächtlichen Besucher gab.

„Und wie sollen wir das anstellen?", fragte sie, als sie den Berg hinunterradelten.

„Das weiß ich auch noch nicht", antwortete Charlotte. Die beiden fuhren bis zurück in ihre Straße wortlos hintereinander her. Paula zermarterte sich den Kopf. Jetzt hatten sie so einfach Frau Jacobi überlisten können und wussten nicht, wie sie mit Herrn Breck fertig werden sollten. Paula sah auf ihre Uhr. Eigentlich sollte sie jetzt gleich ihrer Mutter beim Anstreichen helfen. Auch das noch, dachte sie.

Die beiden Mädchen fuhren geradewegs zu Paulas Mutter, um nachzusehen, ob sie ihre Tochter schon vermisste. Sie fanden Kathrin kopfschüttelnd vor dem großen massiven Dielenschrank, der im Wintergarten stand. Die Bücher hatte sie bereits alle in Kartons gepackt und in den Flur geschafft. Andere Umzugskartons mit reichlich Krimskrams standen mitten im Raum.

„Ihr kommt mir gerade Recht", sagte sie zur Begrüßung. Paula seufzte.

„Eigentlich haben wir keine Zeit", bemerkte sie vorsichtig. „Wir haben Frau Jacobi im Krankenhaus besucht und jetzt möchte sie, dass wir ihr ein paar Sachen aus ihrem Haus vorbeibringen. Sie hat nämlich ihre Brille vergessen.“ Paula sah ihre Mutter bittend an. Kathrin schien völlig überrascht zu sein.

„Ihr wart bei Frau Jacobi? Warum hast du das denn nicht gesagt? Ich wäre doch mitgefahren. Ach, was soll's. Ich kann euch ja gleich mit den Sachen eben hinfahren. Hier komme ich sowieso im Moment nicht weiter. Der Schrank muss von der Wand. Vielleicht kann mir ja dein Vater gleich ein paar Minuten zur Hand gehen. Was meinst du, Charlotte, ob er das wohl macht?“ Kathrin plapperte wieder in einer Tour ohne Punkt und Komma.

„Ich glaube, er ist mit Felix zum Fußballturnier gefahren. Das dauert länger. Aber ich kann ja eben rüber zu Herrn Breck laufen und ihn fragen. Ich muss sowieso zu ihm, um mir den Schlüssel von Frau Jacobis Haus kurz auszuleihen.“

Paula konnte kaum glauben, was Charlotte für glänzende Ideen hatte. Trotzdem schauderte ihr bei dem Gedanken, rüber zu Herrn Breck zu gehen, um ihn um irgendetwas zu bitten. Charlotte schien mit so etwas keine Probleme zu haben, obwohl sie den Mann nicht ausstehen konnte. Kathrin wägte kurz ab, ob man Herrn Breck wohl stören sollte. „Warum nicht“, sagte sie schließlich und die beiden gingen hinaus durch den Garten zu Herrn Brecks Grundstück.

„Mann, du hast vielleicht Nerven“, sagte Paula nur. Charlotte lächelte verschmitzt und hatte schon Herrn Brecks Gartentor geöffnet. Paula zögerte. Sollte sie wirklich mitgehen? Vorsichtig schlich sie hinter Charlotte her den

Gartenweg hinauf. Sie hatten kaum die Haustür erreicht, da wurde sie auch schon aufgerissen.

„Was ist los?“, herrschte Breck sie an. „Liegt schon wieder ein Ball von deinem Bruder hier herum?“

„Aber nein, wo denken Sie denn hin?“, antwortete Charlotte zuckersüß. „So etwas würden wir doch nicht machen, Herr Breck. Nein, wir haben heute Morgen Frau Jacobi im Krankenhaus besucht. Sie lässt Sie schön grüßen.“ Charlotte wartete auf eine Reaktion von Herrn Breck. Nichts. Er stand breitbeinig neben seinem Türpfosten, als müsse er das Haus vor feindlichen Eindringlingen schützen. Er verzog keine Miene und starrte die beiden mit funkelnden Augen an.

„Frau Jacobi hat uns gebeten, ihr ein paar Sachen aus ihrem Haus mitzubringen, und lässt Sie fragen, ob Sie uns für ein paar Minuten hineinlassen, damit wir die Sachen holen können. Sie können uns ruhig den Schlüssel anvertrauen. Wir geben ihn dann auch sofort zurück. Versprochen.“

Herr Breck bekam einen hochroten Kopf. Die Atmung schien er eingestellt zu haben. Er starrte die beiden an, als wolle er jeden Moment auf sie losgehen. Paula ging automatisch einen Schritt zurück, aber Charlotte blieb standhaft.

„Wenn Frau Jacobi etwas benötigt, soll sie mich anrufen. Ich werde ihr die Dinge, die sie braucht, dann schon heraussuchen und bringen. Macht euch darüber mal keine Gedanken. Wenn ihr wieder dort vorbeifahrt, sagt ihr das bitte. War's das dann? Ich habe zu tun.“ Breck wollte schon die Tür schließen.

„Halt!“, sagte Paula plötzlich. „Ich habe noch eine Bitte. Meine Mutter lässt fragen, ob Sie ihr eben am Schrank anfassen können. Wir sind am Renovieren, wissen Sie? Und sie benötigt kurz Ihre Hilfe. Dauert auch nicht lange.“ Paula sprudelten die Worte nur so heraus. Beim Reden blieb sie jedoch sprungbereit. Voller Angst, Herr Breck könnte auf einmal aus der Tür herausschießen wie ein Wachhund.

„Mhm“, brummte er nur. Auf seiner Stirn bildeten sich zwei tiefe Falten.

„Sag ihr, ich komme am frühen Nachmittag bei ihr vorbei. Jetzt habe ich keine Zeit.“ Breck beendete das Gespräch, indem er die Tür ins Schloss warf und die Mädchen draußen ratlos stehen ließ.

„Das ist ja ein netter Geselle“, flüsterte Charlotte. „So ein Mist. Wie kommen wir bloß in das Haus? Hat denn deine Oma nicht auch einen Schlüssel von Frau Jacobi?“

„Keine Ahnung“, antwortete Paula ratlos und schlenderte mit gesenktem Kopf neben Charlotte her den Weg zurück.

„Frag doch einfach deine Mama, ob sie uns hilft, den Breck nochmals zu überreden“, beharrte Charlotte auf ihrem Plan.

„Sie wird wissen wollen, warum wir unbedingt selbst in das Haus wollen. Die merkt alles. Vor der kann man nichts verheimlichen, glaub es mir.“

„Na und? Dann sagen wir es ihr doch einfach."

Paula sah Charlotte erstaunt an. „Bist du verrückt?", fragte sie nur. „Die glaubt doch, wir würden uns irgendein Märchen zurechtspinnen. Nein, vergiss es. Erst brauchen wir Beweise."

„Gut. Wie du meinst. Dann machen wir es anders", erwiderte Charlotte schließlich. „Wir rufen Frau Jacobi an und fragen sie, ob sie nicht noch einen Schlüssel mit im Krankenhaus hat. Müsste sie doch eigentlich. Oder nicht?"

Paula nickte bestätigend. Das klang logisch.

„Gut. Wenn sie einen hat, düsen wir noch einmal hin, holen ihn ab, und wenn Herr Breck heute Nachmittag deiner Mutter hilft, gehen wir rüber in das Haus und sehen uns um. Gute Idee?"

„Gute Idee!", bestätigte Paula erleichtert und die beiden schlenderten lachend zu Kathrin ins Haus.

5. Der heimliche Hausbesuch

Mit Hilfe einer Notlüge, nämlich dass sie Herrn Breck nicht angetroffen hätten, schafften die beiden Mädchen es, Frau Jacobi zu überzeugen, ihren eigenen Schlüssel aus dem Krankenhaus abzugeben, zumal sie schon selbst festgestellt hatte, dass sie ja einen Schlüssel in ihrer Handtasche hatte. Frau Jacobi bemerkte zwar, dass es mit der Brille gar nicht so dringend sei und sie ruhig auf Herrn Breck warten könnten, aber Charlotte versicherte ihr, dass es keine Mühe machte und sie sowieso noch etwas in der Stadt besorgen wollten. Wieder hatte Paula mit großem Staunen zugehört. Sie war froh, dass ihre Mutter nichts dagegen einzuwenden hatte, dass Paula noch einmal zu Frau Jacobi wollte. Sie packte den Mädchen ein Paket Pralinen ein und gab es ihnen mit guten Wünschen mit. In Rekordzeit schafften die beiden es, zum Krankenhaus zu radeln, den Schlüssel abzuholen und zurückzufahren. Frau Jacobi war entzückt von dem großen Einsatz der Mädchen und natürlich über die Schachtel Pralinen, die sie sofort öffnete. Charlotte lächelte siegessicher, als sie eine Stunde später bei einem kühlen Glas Wasser im Garten von Paulas Oma saßen und sie den Schlüssel vor den Augen ihrer Freundin hin und her baumeln ließ.

„Siehst du, so einfach war das."

„Puh", antwortete Paula. „Ja, das war der leichtere Teil. Aber was jetzt kommt, daran darf ich gar nicht denken."

„Ach was, halb so wild. Wenn der Breck-Schreck heute Nachmittag deiner Mutter hilft, den Schrank zu verrücken, laufen wir schnell hinüber zum Haus von Frau Jacobi."

„Aber viel Zeit haben wir dafür nicht", wandte Paula ein. „Das mit dem Schrank kann eigentlich nicht sehr lange dauern und ich glaube nicht, dass Mama große Lust hat, mit Herrn Breck Smalltalk zu halten und ihn auf einen Kaffee einzuladen oder ihm das Haus zu zeigen."

Charlotte stützte die Ellenbogen auf den Tisch und überlegte. Den Kopf hatte sie in ihre Hände gelegt und die Lippen geschürzt, während sie grübelte.

„Wir könnten Felix fragen, ob er den Breck aufhalten kann", sagte sie schließlich.

„Bitte, wie stellst du dir das denn vor?" Paula war bei dem Gedanken völlig entsetzt von ihrem Stuhl aufgesprungen.

„Keine Panik. Ich sage ihm einfach, er soll den Ball mal zum Breck rüberschießen, wenn er bei deiner Mama aus dem Haus kommt und wir noch nicht wieder zurück sein sollten. Dann ist der liebe Herr Breck erst mal beschäftigt. Er wird mit Sicherheit sofort zu Mama rüberrennen und sich fürchterlich beschweren."

„Warum sollte dein Bruder das tun?", fragte Paula. „Der ist doch nicht so blöd und heimst sich garantierten Ärger ein, nur weil sein Schwesterherz und die neue Nachbarin vorhaben, den Breck hinters Licht zu führen."

„Wenn wir ihm fünf Euro geben, macht der das bestimmt."

„Trotzdem“, wandte Paula unsicher ein. „Er wird doch wissen wollen, warum uns das fünf Euro wert ist.“

„Mhm. Dann müssen wir ihn eben einweihen“, bemerkte Charlotte und klopfte triumphierend mit den Fingern auf den Tisch.

„Auf gar keinen Fall!“ Paula wuselte aufgeregt durch ihr lockiges Haar. Das war doch jetzt hoffentlich nicht Charlottes Ernst!

„Ich werde ihm ja nicht alles sagen“, versuchte Charlotte Paula zu beschwichtigen. „Nur, dass Frau Jacobi uns gebeten hat, ihr ein paar Sachen aus dem Haus zu holen und dass der Breck uns nicht hineinlassen will. Glaub mir, wenn Felix hört, dass wir versuchen, den Breck-Schreck zu vereimern, macht der garantiert mit. Der hat eh noch ein Hühnchen mit ihm zu rupfen.“

„Wenn er das so gerne macht, wofür sind dann die fünf Euro?“ Paula ließ sich geschlagen zurück auf ihren Stuhl fallen.

„Gefahrenzulage und Schweigegeld“, antwortete Charlotte und hob ihr Glas. „Prost“, sagte sie und ließ es scheppernd gegen Paulas krachen. Paula lachte nervös. Ihr war gar nicht wohl in ihrer Haut, aber zusammen mit Charlotte würde es hoffentlich irgendwie schiefgehen, redete sie sich ein. Wenn doch schon alles vorbei wäre!

Felix saß völlig verschwitzt auf der Treppe vor dem Haus und zog seine Fußballschuhe aus. Rodolpho lag laut hechelnd zu seinen Füßen und wedelte müde mit dem Schwanz, als die beiden Mädchen auf das Haus zukamen.

„Sei gegrüßt, holder Bruder!“, eröffnete Charlotte ihre Ansprache und verbeugte sich kurz vor Felix. Paula blieb etwas im Hintergrund. Sie spürte, dass sie rot wurde. Mist, das fehlte noch.

„Was wollt ihr?“, antwortete Felix skeptisch und rieb sich schmerzverzerrt sein Schienbein. Charlotte kam gleich auf den Punkt. Sie erklärte ihm, was sie vorhatten und wie er ihnen dabei helfen könnte, den Breck ein bisschen zu ärgern.

„Wir geben dir drei Euro dafür“, sagte sie abschließend.

„Ne, unter fünf mache ich das nicht“, erwiderte er. „Du weißt genau, was mich da erwarten könnte.“

Charlotte drehte sich zu Paula um, um sich der Form halber den Betrag bestätigen zu lassen, und nickte dann ihrem Bruder zu.

„Okay. Aber mach ja keinen Fehler dabei. Wir kriegen einen Mordsärger, wenn der Breck uns erwischt.“

„Habe ich schon verstanden. Aber dir ist schon klar, wer gleich hier den Ärger kriegt, wenn der Ball wieder drüben auf seinen Rosen landet, oder?“

„Schon klar. Du hast was gut bei uns.“ Charlotte zwinkerte Paula zu und die beiden verabredeten sich direkt nach dem Mittagessen.

Kathrin hatte belegte Brötchen gemacht und versprach Paula, dass sie für abends den Grill anschmeißen wollte. Das Fleisch hatte sie schon aus der Kühltruhe geholt. Beim Essen brabbelte sie wieder fröhlich über ihre Pläne mit dem Anstrich und was sie in dem Haus noch so alles anstellen und umräumen wollte, bis Oma wieder zurück war. Paula hörte nicht richtig hin. Sie schlang ein Käsebrötchen hinunter und war mit ihren Gedanken bei ihrer nachmittäglichen Aktion.

„Findest du das nicht?" Kathrin stupste Paula an. „Hallo, Erde an Paula. Findest du nicht auch, dass das ganz toll ist von unserem lieben Nachbarn, dass er mir hilft, die Schränke von der Wand zu räumen? Hätte ich ihm gar nicht zugetraut nach unserer ersten Begegnung. Siehst du, so schnell kann man einen Menschen falsch einschätzen."

„Ja, ganz toll", antwortete Paula und trank einen großen Schluck Tee.

„Mal sehen – wenn alles gut läuft, werde ich ihn bitten, mal seinen Wasserhahn da draußen im Garten zu ölen. Vielleicht ergibt sich ja eine gute Gelegenheit dafür. Ich will ihn ja nicht beleidigen, sonst hilft er mir nie wieder. Der Schrank muss ja auch noch irgendwann wieder zurück an die Wand."

„Mhm." Wenn wir Glück haben, wird Mama den Breck wohl doch in ein Gespräch verwickeln, dachte Paula mit einem Seitenblick auf ihre Mutter. Und wir haben genug Zeit, uns im Haus umzusehen, ohne dass Felix aktiv werden muss. Paula passte das überhaupt nicht, dass Charlottes Bruder eingeweiht war.

„Na, du bist ja sehr gesprächig heute.“ Kathrin gab es auf. Sie räumte die Tassen ab und klatschte euphorisch in die Hände. „So, bis Herr Breck kommt, kannst du mir eben helfen, die restlichen Kisten wegzutragen, damit wir gleich die Schränke in die Raummitte schieben können. Okay?“

Paula sah auf die Küchenuhr und seufzte.

„Viel Zeit habe ich aber nicht“, sagte sie. Kathrin sah sie fragend an.

„Du weißt schon, wir wollen doch gleich noch eben zu Frau Jacobi.“

Kathrin nickte nur. Paula spürte, dass ihre Mutter krampfhaft überlegte. Sie hatte den Kopf gesenkt und starrte auf ihre Hände. Dann nickte sie wieder und verließ schweigend den Raum. Sie merkt, dass wir etwas aushecken, ganz sicher, dachte Paula und räumte ihren Teller in die Spülmaschine, während sie sich das restliche Brötchen widerwillig in den Mund stopfte. Mama wird es nicht entgangen sein, dass dies schon unser dritter Besuch bei Frau Jacobi ist. Und das alles an einem Tag. Da muss ich mir aber eine gute Ausrede einfallen lassen. Charlotte klopfte leise an das Küchenfenster und winkte Paula zu. Jetzt geht es los. Paula atmete tief durch und öffnete die Terrassentür.

Nachdem die beiden Mädchen Kathrin schnell geholfen hatten, die restlichen Kisten im Flur zu stapeln, saßen sie auf den Pflastersteinen vor der Garage und ölten die Fahrradketten. Charlotte hatte Kathrin so in ein Gespräch verwickelt und ihr etwas davon vorgebrabbelt, warum sie heute noch einmal zu Frau Jacobi müssten, dass Paula vor Staunen kein Wort hervorgebracht hatte. Das Problem war also auch schon gelöst, ohne dass Paula etwas dazu beitragen musste. Während Charlotte die Pedale ihres Fahrrades drehte, hielt Paula die Ölkanne an die Kette, ohne wirklich wahrzunehmen, was sie da tat. Beide schauten hin und wieder verstohlen zum Haus von Herrn Breck und dann auf ihre Armbanduhren. Wo blieb er bloß? Ob er etwas ahnte? Paula verspürte einen unangenehmen Druck auf ihrem Magen. Hätte ich doch das Brötchen nicht so verschlungen, dachte sie. Das konnte alles gar nicht gut gehen. Endlich. Die Haustür ging auf und Herr Breck stakste in seinem Flanellhemd und mit Hut auf dem Kopf aus dem Haus. Er öffnete und schloss sorgfältig wieder sein weißes Gartentor, als befürchte er, es würde in den paar Minuten jemand widerrechtlich sein Grundstück betreten. Als er an den beiden Mädchen vorbeischritt, grunzte er etwas Unverständliches. Die Mädchen grüßten höflich. Kathrin hatte ihn schon entdeckt. Sie öffnete die Tür, bevor er sie erreicht hatte, und ließ einen überschwänglichen Redeschwall und Danksagungen los, dass es Paula bald übel wurde. Als sich die Haustür hinter Herrn Breck schloss, nahm Charlotte Paula die Ölkanne aus der Hand, stellte sie ab und griff nach ihrem Rucksack.

„Los“, sagte sie. Beide sprangen auf und rannten geduckt über die Wiese, kletterten flink über einen Zaun, hüpften über ein paar Rabatten und hatten endlich das Haus von Frau Jacobi erreicht. Charlotte schaute kurz zurück auf die Straße, wo Felix mit seinem Ball dribbelte. Charlotte pfiff kurz auf zwei Fingern, winkte ihm zu und nahm den Hausschlüssel aus der Tasche. Ihre Hände zitterten, als sie den Schlüssel ins Schloss steckte. Paula spürte, wie ihr Herz hämmerte.

„Ich habe Angst“, flüsterte sie.

„Ich auch“, entgegnete Charlotte und zog Paula mit ins Haus.

Paula hielt den Atem an und lauschte. Nichts. Alles still. Nicht mal eine Uhr tickte. Es roch muffig, war aber angenehm kühl. Auch Charlotte blieb einen Moment im Hausflur stehen und rührte sich nicht. Ein leichter Lichtstrahl stahl sich durch die Ritzen der Jalousien.

„Können wir wohl Licht machen?“, flüsterte Paula.

„Ja. Draußen ist es ja hell. Das fällt nicht auf.“ Charlotte betätigte den Lichtschalter neben der Eingangstür. „Wir müssen uns beeilen.“

„Ja“, sagte Charlotte wieder und griff Paula am Arm. „Komm, wenn Frau Jacobi Recht hat, müsste die Brille in der Küche liegen. Erst holen wir die Sachen und dann schauen wir uns um. Okay?“

Paula antwortete nicht. Es war ihr egal, was sie zuerst machten, Hauptsache, sie waren schnell wieder hier raus. Sie folgte ihrer neuen Freundin, die direkt die Küche ansteuerte. Charlotte knipste das Licht an. Ja, da lag die Brille auf dem Küchentisch auf einer zusammengefalteten Zeitung. Charlotte platzierte sie in das Brillenetui, das sie sich von ihrem Vater geborgt hatte, und legte es in ihren Rucksack. Paula sah sich in der Küche um. Es standen zwei Tassen und ein Teller umgestülpt auf der Spüle. Paula öffnete den Kühlschrank. Nur ein paar Becher Joghurt, eine Dose Hundefutter und Margarine. Keine anderen frischen Sachen. Ob Breck alles Verderbliche entfernt hatte?

„Handtücher und Creme finden wir sicher oben im Bad." Charlotte stand am Lichtschalter. „Komm, beeil dich. Wir schauen uns später um."

Sie knipste das Licht wieder aus. Paula folgte ihr in den Flur. Die Treppenstufen knarrten. Die Mädchen blieben erschrocken stehen und lauschten. Immer noch alles still. Nichts bewegte sich in diesem Haus, außer sie selbst. Vorsichtig stiegen sie weiter hinauf. Charlotte suchte den Lichtschalter im oberen Flur, während Paula mucksmäuschenstill auf dem Treppenabsatz stehen blieb.

„Wieso habe ich bloß nicht an die Taschenlampe gedacht? Mein Smartphone hängt zu Hause an der Steckdose", fluchte Charlotte.

„So ein Mist", erwiderte Paula. „Ich habe meines erst gar nicht mitgenommen, weil man hier sowieso kaum Netz hat. Sowas Dummes!" Hastig tastete Charlotte sich vor und stieß die Türen rechts und links auf, bis sie endlich das Badezimmer erreicht hatte.

„Nun komm!“ Charlotte knipste das Licht an, während Paula ihr vorsichtig folgte.

„Also gut. Wir brauchen Handtücher, Creme und ihr Parfüm. Na super, da stehen ja auch ihre Hausschuhe. Alles auf einen Streich.“ Charlotte öffnete den Badezimmerschrank, wo die Handtücher sorgfältig gestapelt lagen. Dann hielt sie ihren Rucksack geöffnet, während Paula alles hineinstopfte.

„Haben wir an alles gedacht?“, flüsterte Charlotte. Paula nickte nur und wollte schon wieder das Badezimmer verlassen.

„Warte“, sagte Charlotte. „Ich möchte mich hier kurz umsehen.“

„Hier gibt es nichts zu sehen“, antwortete Paula ungeduldig. „Komm schon, lass uns lieber hier verschwinden.“

Aber Charlotte hörte nicht. Sie öffnete wieder den Badezimmerschrank und stöberte zwischen den Tübchen, Dosen und anderen Utensilien.

„Sieh mal, das ist doch Rasierwasser, oder nicht?“

„Mhm“, erwiderte Paula nur, während sie auf das Fläschchen in Charlottes Hand starrte. In diesem Moment war draußen ein ohrenbetäubendes Chaos zu hören. Rodolpho kläffte und Herr Breck brüllte etwas Unverständliches. Dass es nichts Freundliches war, konnten die

Mädchen eindeutig erkennen. Wie im Fluge verließen sie das Bad und rannten den dunklen Flur entlang die Treppen hinunter. Im unteren Flur warteten die Mädchen eine kurze Weile und lauschten.

„Wo ist er wohl jetzt?“ Paula zitterte.

„Weiß nicht“, stammelte Charlotte nur. Sie hielt ihren Rucksack wie ein Schutzschild vor sich und rührte sich nicht.

„Wir müssen hier raus“, drängte Paula und stupste Charlotte vorsichtig an.

„Ja. Warte. Ich will erst sichergehen, dass er nicht hierherkommt.“

„Wie willst du denn feststellen, wo er gerade ist?“

Charlotte antwortete nicht. Gebannt blickten die beiden Mädchen auf die verschlossene Haustür und horchten. Rodolpho kläffte immer noch aufgeregt. Von Breck war nichts zu hören. In der Ferne meinten sie, die besänftigende Stimme von Charlottes Mutter zu hören. Charlotte knipste das Licht im Flur aus. Vorsichtig öffnete sie die Haustür einen kleinen Spalt weit und blickte hinaus.

„Komm“, flüsterte sie und zog Paula am T-Shirt hinter sich her. Als sie draußen waren, stellten sie sich eng an die Hauswand, während Charlotte die Haustür wieder abschloss. Paula schloss für einen kurzen Moment ihre Augen und hielt den Atem an. Auch Rodolpho war verstummt und nur das fröhliche Vogelgezwitscher war zu hören.

„Nichts wie weg hier." Die beiden rannten gehetzt zurück über die Wiese, bis sie ihre Fahrräder erreicht hatten. Ohne zu sprechen, sprangen sie auf ihre Räder und rasten in Windeseile die Straße hinunter. Frau Rasche stand im Garten und redete beschwichtigend auf Herrn Breck ein, während Felix kleinlaut danebenstand. Paula und Charlotte legten einen Zahn zu, um den Schauplatz schnell hinter sich zu lassen. In Rekordzeit hatten sie das Krankenhaus erreicht. Frau Jacobi war heilfroh, ihre Sachen zu bekommen. Sie klatschte freudig in die Hände, als sie endlich ihre Lesebrille auf der Nase hatte. Charlotte bot an, dass sie einfach nur anrufen solle, wenn sie etwas benötigte. Dann verabschiedeten die beiden Mädchen sich und verließen erleichtert das Krankenhaus.

„Puh. Heute Nacht werde ich sicher Alpträume haben", sagte Paula endlich.

„Ach was. War doch ganz witzig." Charlotte zog das Fläschchen Rasierwasser aus dem Rucksack. „Sieh mal. Das habe ich bei unserem schnellen Abgang irrtümlich eingepackt." Sie hielt Paula das Fläschchen vor die Nase.

„Bist du denn total übergeschnappt?"

„Ist halt im Eifer des Gefechtes passiert. Wir sind einfach ohne nachzudenken abgehauen."

Paula bekam einen knallroten Kopf.

„Vielleicht fällt es ja nicht auf. Komm schon, hast du noch nie etwas verlegt und nicht wiedergefunden? Wer sollte da schon etwas merken?", fragte Charlotte.

„Wir haben mit Sicherheit auch vergessen, das Badezimmerschränkchen zu schließen. Oh Gott, haben wir überhaupt das Licht ausgemacht? Das darf doch nicht wahr sein!“ Paula ging nervös auf dem Bürgersteig auf und ab. Ihr war zum Heulen zumute. „Du hättest Frau Jacobi das Rasierwasser geben und ihr erklären sollen, dass du es irrtümlich eingesteckt hast. Komm, lass uns wieder hinaufgehen. Noch ist es nicht zu spät.“ Paula packte Charlotte am Arm und machte Anstalten, sie hinter sich herzuziehen.

„Aber Paula. Denk doch mal nach.“ Charlotte wehrte Paulas Arm ab. „Dieses Rasierwasser gehört einem Mann. Wenn deine Theorie stimmt und es hält sich jemand in Frau Jacobis Haus auf, während sie im Krankenhaus ist, dann wollen wir sie doch nicht damit aufregen. Oder?“

Paula überlegte. Dann nickte sie resigniert und griff nach ihrem Fahrrad.

„Ja, da hast du wohl Recht. Ich fürchte, jetzt kriegen wir Schwierigkeiten.“

„Vielleicht auch nicht. Lass uns erst mal nach Hause fahren und deiner Mutter beim Streichen helfen. Dabei fällt uns bestimmt etwas ein.“

„Wir sollten vielleicht erst mal versuchen, deinem Bruder aus der Patsche zu helfen“, erwiderte Paula kleinlaut.

„Das war Teil unserer Abmachung. Der kommt schon damit klar. Eine große Strafe wird er nicht bekommen, weil Mama und Papa auch nicht viel Verständnis für die

Anstellerei von dem Breck haben. Also, mach dir da mal keine Gedanken."

Die Mädchen fuhren gemächlich und schweigend zurück. Beide versunken in ihre Gedanken. Paula war enttäuscht. Wirkliche Hinweise hatten sie nicht gefunden. Die Zeit war einfach zu knapp gewesen, um sich ausführlich umsehen zu können. Sie mussten doch irgendetwas übersehen haben! Aber was konnten sie jetzt noch tun? Paula seufzte, als sie das Haus ihrer Oma von Weitem sah. Jetzt muss ich auch noch streichen helfen, sowas Dummes! Dieses Abenteuer würde sie so schnell nicht vergessen und ihr war klar: Das war noch nicht das Ende.

6. Was geht da vor sich?

Nach diesen Strapazen erschien den beiden Mädchen das Streichen von Decke und Wänden fast wie eine Erholung. Außer Kathrin sprach keiner ein Wort.

„Stellt euch vor, der Herr Breck ist gar nicht so schlimm, wie es scheint. Glaubt mir, da gibt es einen weichen Kern unter der harten Schale." Kathrin öffnete den zweiten Eimer Farbe und begann, mit einem Holzstab kräftig in dem Eimer zu rühren. „Ich habe ihn übrigens darum gebeten, mal seinen rostigen Wasserhahn im Garten zu ölen. Das Gesicht hättet ihr sehen sollen. Bin gespannt, ob er das macht. Im gleichen Zuge habe ich ihn schon mal zu unserer Einweihungsparty eingeladen."

„Du weißt doch jetzt noch gar nicht, wann die stattfinden wird. Oder?", fragte Paula ungläubig.

„Macht ja nichts. Dass sie stattfinden wird, ist doch wichtig. Und so konnte ich ihm sofort etwas Nettes sagen, nachdem er sich wegen des Wasserhahnes angegriffen gefühlt hat. So, Mädels. Hier kommt noch einmal ein wunderschönes Schiefergrau." Kathrin stellte den beiden mit einer Verbeugung den Eimer Farbe vor die Füße.

„Wenn wir damit fertig sind, werden wir erst mal unseren Grill einweihen. Damit ich auch sichergehen kann, dass er auf unserer Einweihungsparty richtig funktioniert. Alles klar? Ich gehe schon mal und packe ihn aus." Kathrin wandte sich ab und ließ die beiden Mädchen ratlos zurück. Charlotte fand als Erste die Sprache wieder.

„Meinst du nicht, dass wir vielleicht doch deine Mutter um Rat fragen sollten? Die ist doch ziemlich cool. Die wird uns schon verstehen und hat vielleicht eine Idee, wie wir aus dem Schlamassel rauskommen oder wie wir weitermachen sollen. Glaub mir, in manchen Angelegenheiten ist es gar nicht verkehrt, einen Erwachsenen einzuweihen. Dann merkt man erst, dass alles halb so wild ist. Sie wird uns schon nicht den Kopf abreißen."

„Ach, ich weiß nicht. Lass uns bitte eine Nacht darüber schlafen. Vielleicht fällt uns noch etwas Besseres ein", erwiderte Paula und tauchte die Rolle in die Farbe.

„Aber stell dir doch mal vor, der nächtliche Besucher kommt heute wieder und merkt, dass jemand im Haus war. Er sagt es dem Breck und der zählt eins und eins zusammen. Er wird Frau Jacobi im Krankenhaus anrufen und sie wird ihm bestätigen, dass wir für sie die Sachen aus ihrem Haus geholt haben. Was glaubst du, was er dann machen wird?"

„Ich habe auch schon darüber nachgedacht, glaub mir. Aber trotzdem möchte ich Mama noch nichts davon sagen. Vielleicht passiert ja gar nichts und ich habe mir das alles neulich einfach nur eingebildet. Wenn der Breck in Frau Jacobis Haus geht, um nach dem Rechten zu sehen, wird er denken, dass er das Licht angelassen hat. Falls es überhaupt noch an ist. Sonst wird er nichts bemerken."

„Das glaubst du doch wohl selber nicht“, sagte Charlotte aufgebracht. „Du hast das alles doch nicht geträumt. Und denk mal an das Rasierwasser! Glaubst du etwa, Frau Jacobi benutzt Rasierwasser, oder was? Ich kann mich auch nicht daran erinnern, dass sie je Männerbesuch gehabt hat.“ Charlotte sah ihre Freundin herausfordernd an.

„Wer weiß, wie alt das Zeugs ist. So lange wohnt ihr doch auch noch nicht hier. Bitte, Charlotte. Ich weiß ja auch, dass das wahrscheinlich Blödsinn ist, aber lass mir noch ein paar Stunden Zeit, darüber nachzudenken. Okay?“

Charlotte seufzte und nickte schließlich. Dann begannen die beiden wieder mit ihrer Arbeit, drehten das Radio auf und schwiegen.

Das Gegrillte hatte allen köstlich geschmeckt. Kathrin spielte wieder die Alleinunterhalterin, während in Paulas Kopf die Gedanken durcheinanderwirbelten und sie kaum zuhören konnte, was ihre Mutter erzählte. Auch Charlotte schien mit ihren Gedanken woanders zu sein.

„Also. Was ist mit euch los, hm?“ Kathrin nippte an ihrem Glas und blickte die beiden Mädchen fragend an.

„Was soll schon sein?“, antwortete Paula resigniert. „Der Tag war anstrengend. Wir sind nur ein bisschen kaputt.“

„Aha. Soso“, sagte Kathrin nur. „Dann seht zu, dass ihr pünktlich ins Bett kommt. Helft ihr mir noch schnell abräumen?“

„Eigentlich hatten wir heute vor, mit Omas Teleskop vom Dachboden aus die Sterne zu beobachten, stimmt's, Charlotte?“ Paula stupste Charlotte an, die gerade den Mund voll Limonade hatte und begeistert nickte.

„Ich dachte, ihr seid müde?!“ Kathrin sah die beiden Mädchen ungläubig an.

„Ja, das stimmt ja auch. Aber heute ist es so sternenklar. Wer weiß, wie morgen das Wetter sein wird? Und ich habe Charlotte eben von dem Teleskop erzählt. Sie möchte damit auch unbedingt mal die Sterne beobachten.“

„Mhm. Ja. Ich habe nichts dagegen. Es sind ja schließlich Ferien. Hast du denn schon deine Eltern gefragt, Charlotte?“

„Nein, mache ich aber sofort. Sie haben sicher auch nichts dagegen.“ Charlotte schien begeistert von Paulas Einfall.

„Na gut. Wenn ihr wollt, meinen Segen habt ihr. Am besten wird es sein, du übernachtest hier, Charlotte. Damit du nicht am späten Abend noch durch die Dunkelheit nach Hause musst. Auch, wenn es nur um die Ecke ist. Okay?“

„Super. Das ist ja klasse! Vielen Dank, Frau Pitrelli. Auch für das tolle Essen.“

Paula musste lachen. Charlotte war total begeistert, obwohl Paula gar nicht so recht wusste, ob das eine gute Idee war, heute Nacht wieder das Haus von Frau Jacobi zu beobachten. Sie würde bald Alpträume davon bekommen, wenn das so weiterging. Mit Oma Gertrud hatte sie auch noch nicht reden können. Die hatte ihr bloß tolle Fotos über WhatsApp geschickt mit lieben Grüßen an Kathrin und alle Nachbarn. Was hätte Paula darauf antworten sollen, ohne ihre Oma zu beunruhigen?

Nachdem die beiden Mädchen das Geschirr abgeräumt und bei Charlottes Eltern um Erlaubnis gefragt hatten, trug Paula Charlottes Schlafsack und ihre Luftmatratze rüber ins Haus, während Charlotte noch ihr Smartphone, eine Taschenlampe, ihre Zahnbürste und ein paar Kleidungsstücke sowie das Fernglas ihres Vaters in ihren Rucksack packte und sich dabei das Gemecker ihres Zwillingsbruders anhören musste. Sie erzählte später Paula, dass er dazu verdonnert worden war, über die Ferien das Auto zu waschen und den Rasen zu mähen.

„Der Ärmste", sagte Paula. „Wir sollten ihm auf jeden Fall eine Aufgabe abnehmen."

„Mal sehen", erwiderte Charlotte verschmitzt.

Die beiden hörten Musik und redeten kaum miteinander. Sie waren fürchterlich aufgeregt und konnten kaum abwarten, dass es endlich dunkel wurde und Kathrin ins Bett verschwand. Als Paulas Mutter den Kopf durch die Tür steckte und eine gute Nacht wünschte, stellte Paula die Musik aus und versicherte, dass sie keinen Lärm auf dem Dachboden machen würden. Als Kathrin gegangen war, knipste Charlotte das Licht aus und stellte sich schräg hinter den halb offenen Vorhang.

„Nichts los da draußen", sagte sie gähnend.

„Ist ja auch erst halb elf. Was meinst du, sollen wir rauf auf den Dachboden?"

„Ja, da haben wir sicher einen guten Blick bis hinüber zu Frau Jacobis Haus." Charlotte stolperte über ihre Luftmatratze und griff schwankend nach ihrem Rucksack. Dann schmiss sie Nachthemd und andere Utensilien auf ihr Nachtlager, bis sie schließlich ein Fernglas in der Hand hielt.

„Wofür hast du das denn mitgebracht? Ich habe doch alles, was wir heute brauchen." Paula schüttelte verständnislos den Kopf.

„Das ist ein Nachtsichtgerät von meinem Vater."

„Wow. Das hat er dir geliehen? Wofür braucht er denn so was?"

„Na ja. Sagen wir mal, ich habe es mir ungefragt ausgeborgt. Er benötigt es für die Jagd. Aber heute ganz sicher nicht. Er wird gar nicht merken, dass ich es habe."

„Na. Dann lass uns mal nach oben gehen."

Diesmal ging Charlotte vorsichtig hinter Paula her die Treppen zum Dachboden hinauf. Paula hatte ihre Taschenlampe angeknipst, damit sie nicht unnötig Licht auf dem Dachboden anschalten mussten, das vielleicht von außen gesehen werden konnte.

„Wow. Dachböden alter Häuser haben doch irgendwie etwas Schauriges, oder?"

„Ja, da hast du Recht. Schau, da drüben steht das Teleskop. Aber vielleicht reicht uns ja auch das Fernglas deines Vaters." Paula führte Charlotte in den Giebel, wo das Teleskop stand und die Auflagen der Gartenmöbel lagen.

„Meinst du wirklich, deine Oma hat von hier oben aus die Nachbarschaft beobachtet?"

„Kann ich mir eigentlich nicht vorstellen. Vielleicht hat sie einfach nur die Sterne angesehen. Seltsam ist nur, dass das Teleskop gar nicht auf diese Weite eingestellt ist. Das heißt, sie hat doch etwas ganz in ihrer Nähe beobachtet."

„Wieso hast du deine Oma denn nicht einfach gefragt?"

„Ich habe sie heute Morgen noch nicht erreicht, und wenn ich es mir recht überlege, ist das vielleicht auch keine so gute Idee. Dann macht sie sich nur unnötig Sorgen, was hier während ihrer Abwesenheit passiert." Paula öffnete vorsichtig das kleine Giebelfenster und stellte das Fernglas von Oma Gertrud beiseite.

„Gibst du mir bitte mal das Nachtsichtgerät?"

Charlotte gab es ihrer Freundin und wartete, während Paula in Richtung Frau Jacobis Haus sah.

„Das ist ja cool. Es ist dunkel und man kann trotzdem richtig gut sehen. Irre. Es brennt Licht", sagte sie schließlich.

„Lass sehen."

Paula gab das Fernglas an Charlotte zurück, die sich neben Paula in den Giebel quetschte.

„Tatsächlich. Es ist ein Licht oben. Wahrscheinlich das im Badezimmer, das wir vergessen haben."

„Ja. Aber schau mal unten. Da ist doch auch ein leichter Lichtschein oder nicht?"

„Du hast Recht. Mann, das ist ja vielleicht spannend."

„Ich darf gar nicht daran denken, was der nächtliche Besucher jetzt wohl denkt, wo sein Rasierwasser geblieben ist." Paula seufzte.

„Da mach dir mal keine Gedanken. Wenn er sich in der Küche aufhält, merkt er vielleicht auch, dass die Brille fehlt. Und vielleicht fallen ihm auch die fehlenden Handtücher und die Hausschlappen im Bad auf. Irgendwie wird er sowieso etwas bemerken." Charlotte flüsterte auf einmal, als könne sie hier oben jemand hören. Paula fröstelte bei dem Gedanken, dass der nächtliche Besucher bereits bemerkt hatte, dass jemand im Haus gewesen sein musste.

„Was ist? Siehst du jemanden?", wollte Paula wissen.

„Nein, eigentlich nicht. Aber beim Breck im Haus brennt kein Licht. Wo der wohl ist?"

„Lass sehen." Paula nahm Charlotte das Fernglas aus der Hand.

„Vielleicht ist ja alles ganz harmlos", mutmaßte Paula. „Es kann doch sein, dass Frau Jacobi einen Neffen hat, der hier abends mal nach dem Rechten schaut, oder so was."

„Quatsch. Das ist doch totaler Blödsinn. Erstens hat Frau Jacobi keine Familie hier und außerdem hast du doch selbst gesehen, wie der nächtliche Besucher erst beim Breck war, wie sie sich gestritten haben und er dann erst rüber in Frau Jacobis Haus ist." Charlotte nahm ihrer Freundin ungeduldig das Fernglas ab. Paula seufzte wieder. Sie wusste bald nicht mehr, was sie wirklich gesehen hatte. Ich hab das alles nur geträumt, dachte sie. Diese Ereignisse sind nicht wahr. Ach, Oma, wenn du doch da wärest, könntest du sicher alles aufklären und ich müsste mir nicht den Kopf darüber zerbrechen und in Häuser einbrechen und Mama belügen. Durch das Bellen von Rodolpho wurde sie aus ihren Gedanken gerissen.

„Wo ist er? Kannst du ihn sehen?"

„Er rennt über die Wiese. Er rennt zum Haus von Frau Jacobi. Oh Mist. Da ist auch Felix. Was will der denn jetzt hier?!" Charlotte trat aufgeregt von einem Fuß auf den anderen. Paula spürte, wie ihr Herz laut gegen die Brust hämmerte. Einerseits war sie fürchterlich gespannt, was da draußen vor sich ging, andererseits traute sie sich nicht hinzusehen. Rodolpho kläffte immer noch, ein Pfeifen war zu hören. Dann hörte man Felix schimpfen.

„Sag schon, was passiert da draußen?" Paula puffte Charlotte in die Rippen.

„Felix versucht, Rodolpho wieder zurückzupfeifen. Was will der überhaupt so spät noch draußen? Wenn Mama und Papa das wüssten. Dann darf er aber in den Herbstferien auch noch das Auto waschen. Oh Mann, drüben im Haus geht das Licht aus. Du hattest Recht, da ist wirklich jemand im Haus. Scheiße, Felix, bleib da weg." Charlotte pfiff auf zwei Fingern, während sie das Fernglas fest vor ihre Augen hielt. Aber Felix reagierte nicht. Er rief Rodolphos Namen und schien ziemlich aufgebracht. Paula konnte ihn nur schemenhaft erkennen.

„Was macht er denn jetzt? Sag schon."

„Er hat Rodolpho am Halsband erwischt und zieht ihn jetzt hinter sich her. Gott sei Dank. Er geht rüber zur Straße. Puh. Oh, schau an. Herr Breck öffnet gerade seine Terrassentür. Na, nach seinen Rosen will er jetzt ja wohl nicht schauen, oder?"

„Nicht so laut, er kann dich vielleicht hören", zischte Paula. „Schau du rüber zum Haus von Frau Jacobi, ich behalte den Breck im Auge."

Paula machte erst gar keine Anstalten, das andere Fernglas auf Herrn Breck zu richten. In dieser sternenklaren Nacht hatte sie einen guten Blick auf seinen Garten. Herr Breck stand immer noch auf der Terrasse. Die Terrassentür stand offen. Er rührte sich nicht und schien zu lauschen. Rodolpho hatte sich inzwischen beruhigt. In der Ferne hörte man Frau Rasche, wie sie auf Felix einredete, bis sich endlich die Haustür hinter ihnen schloss. Die beiden Mädchen hielten ihre Stellung und starrten gebannt auf das Geschehen. Herr Breck rührte sich immer noch nicht. Er stand da wie eine Vogelscheuche, wieder in Flanellhemd, aber ohne Hut, den Kopf leicht geneigt starrte er vor sich hin. Paula fröstelte. Es war einfach unheimlich. Was mache ich hier eigentlich, schoss es ihr durch den Kopf. Es ist elf

Uhr und ich will schlafen. Wieso habe ich bloß Charlotte von meinen nächtlichen Beobachtungen erzählt?

„Da. Da ist jemand", flüsterte Charlotte plötzlich. Paula hielt den Atem an.

Es war genau wie bei ihrer ersten Beobachtung. Die Person war dunkel gekleidet und rannte ein Stück über den Rasen bis zur Straße. Dann verschwand sie im Schutz der Büsche und Bäume und eine Minute später hörte man, wie ein Auto mit quietschenden Reifen davonfuhr. Diesmal brachte Charlotte kein Wort hervor. Paula erkannte, dass sie sich zitternd an dem Fernglas festklammerte. Herr Breck blieb eine kurze Weile auf der Terrasse stehen und verschwand dann wieder in seinem Haus. Mucksmäuschenstill schloss er die Terrassentür und ließ vorsichtig die Jalousie herunter.

„Wow. Das war's also. Die Show ist zu Ende", sagte Charlotte endlich. „Jetzt hast du wenigstens einen Zeugen dafür, dass du nicht spinnst und dir irgendetwas eingebildet hast."

„Ja. Eigentlich bin ich auch richtig erleichtert, dass heute Nacht etwas passiert ist da drüben im Haus, auch wenn ich mir fast in die Hose gemacht hätte. Aber ich weiß jetzt immer noch nicht, wie es weiter gehen soll." Paula schloss das Dachfenster und setzte sich auf die Gartenmöbelauflagen.

„Ich weiß, was wir machen“, antwortete Charlotte und zog einen Schlüssel aus ihrer Hosentasche.

„Ich hoffe, das ist nicht das, woran ich jetzt gerade denke“, stammelte Paula und schüttelte zweifelnd den Kopf.

„Doch. Ich habe Frau Jacobi den Schlüssel heute im Krankenhaus nicht zurückgegeben. Hast du gar nicht gemerkt, stimmt's? Frau Jacobi übrigens auch nicht.“ Charlotte grinste und setzte sich zu Paula auf die Auflagen.

„Du bist total verrückt!“

„Ja. Das sagt Felix auch immer. Also. Der nächtliche Besucher ist weg und Breck ist wieder in seiner Höhle verschwunden. Das ist jetzt genau der richtige Zeitpunkt, um sich mal ein bisschen genauer in Frau Jacobis Haus umzusehen.“

Paula starrte Charlotte verständnislos an.

„Niemals“, flüsterte sie. „Du hältst dich wohl für besonders mutig, wie?“

„Warum? Was ist denn schon dabei? Komm schon, sei kein Hasenfuß. Es kann doch jetzt nun wirklich keiner auf die Idee kommen, dass wir ins Haus zurückgehen. Und sollte Rodolpho etwas merken, der kennt mich. Bei mir bellt der ganz bestimmt nicht.“

„Ich kann einfach nicht glauben, dass du das wirklich vorhast. Hat dir das heute Nachmittag noch nicht gereicht? Und jetzt das Ganze im Dunkeln? Und mitten in der

Nacht? Nein. Ohne mich." Paula verschränkte trotzig ihre Arme. War Charlotte jetzt total übergeschnappt?

„Die Dunkelheit ist doch genau das, was wir zum Schutz brauchen." Charlotte legte beschwichtigend ihren Arm um Paula. „Okay. Dann machen wir es anders", fuhr sie fort. „Du bleibst hier oben und beobachtest das Haus. Sollte jemand kommen, rufst du deine Mutter oder von mir aus auch die Polizei."

„Du willst alleine da rüber?"

„Klar. Ich habe keine Angst. Also, kann ich mich darauf verlassen, dass du aufpasst?"

Paula antwortete nicht. Charlotte war genauso alt wie sie und hatte Mut wie eine Erwachsene. Kaum zu glauben. Paula überlegte. Sie wusste, dass Charlotte eigentlich Recht hatte und der nächtliche Besucher sicher nicht so schnell zurückkommen würde. Paula hatte fürchterliche Angst. Aber andererseits war sie neugierig auf das Haus von Frau Jacobi. Heute Nacht würden sie genug Zeit haben, um zu stöbern und nach wirklichen Anhaltspunkten zu suchen, wer sich tatsächlich nachts im Haus von Frau Jacobi aufhielt. Und ohne wirkliche Anhaltspunkte konnten sie die Polizei nicht informieren. Was sollte die schon von dem halten, was zwei Dreizehnjährige zu sagen hatten?

„Okay. Überredet. Aber ich komme mit. Da lasse ich dich nicht alleine hin. Und nur unter einer Bedingung: Wir fragen deinen Bruder, ob er Wache schiebt. Für den Fall der Fälle."

Charlotte überlegte kurz und sprang dann auf.

„Ja. So machen wir es."

Charlotte nahm die Taschenlampe und half Paula aufzustehen.

„Guck nicht so besorgt. Wir schaffen das schon. Das ist doch voll aufregend. So spannende Ferien hatte ich noch nie."

Ich auch nicht, hätte Paula am liebsten gesagt. Aber sie lächelte nur gequält und ging hinter Charlotte her den Dachboden hinunter.

7. Nacht mit Schrecken

Paula wartete draußen und streichelte Rodolpho, während Charlotte die Haustür aufsperrte und, ohne sie zu schließen, im dunklen Flur verschwand. Paula kam es wie eine Ewigkeit vor, bis sie endlich mit Felix im Schlepptau draußen erschien. Vorsichtig schloss sie die Tür und die drei eilten hinüber zum Haus von Frau Jacobi. Charlotte hatte eine größere Taschenlampe mitgebracht. Sie postierte Felix neben eine Hecke, wo er einen guten Blick auf die Straße und auch auf die angrenzenden Wiesen bis hin zum Grundstück von Herrn Breck hatte. Er war nicht sehr begeistert über diese Aufgabe und murrte vor sich hin. Paula überlegte, ob Charlotte ihm wieder Geld versprochen hatte oder ob er es aus reiner Neugier machte. Rodolpho setzte sich brav zu seinen Füßen. Paula und Charlotte verschwanden im Haus, stellten den Türschnapper ein und schlossen vorsichtig die Tür. Es war noch genauso muffig wie am Morgen. Charlotte knipste kurz die Taschenlampe an und betätigte den Lichtschalter im Flur.

„Okay. Sollen wir getrennt ausschwärmen oder zusammen bleiben?“

Paula brauchte gar nicht lange zu überlegen.

„Wir fangen mal zusammen an, dann können wir immer noch unsere Vorgehensweise ändern“, bemerkte sie und ging zielstrebig auf die Küche zu. Charlotte folgte ihr. Eine dritte Tasse stand umgestülpt auf der Spüle. Die beiden Mädchen wechselten vielsagende Blicke.

„Der Besucher trinkt hier seinen Kaffee oder Tee. Das steht schon mal fest“, flüsterte Paula und nahm eine Tasse hoch, um daran zu riechen.

„Wohl eher Tee“, bemerkte sie.

Auf dem Küchentisch lag eine weitere Tageszeitung, daneben ein paar Briefe. Charlotte blätterte die Post und Werbeprospekte durch, während Paula erneut den Kühlschrank unter die Lupe nahm.

„Hier drinnen hat sich nichts verändert.“ Paula schloss den Kühlschrank und öffnete einen Schrank nach dem anderen. Mit Geschirr und Töpfen war Frau Jacobi nicht sonderlich ausgestattet. Gerade so viel, wie eine ältere Dame für sich und ihren Hund braucht, dachte Paula.

„Lass uns weitergehen. Hier ist nichts Außergewöhnliches“, bemerkte sie und war bereits im Flur verschwunden. Gleich neben der Küche befand sich das Wohnzimmer. Dieser Raum war erstaunlich groß und mit ziemlich viel Nippes und Krimskrams gefüllt. Gar nicht so wie bei Oma, dachte sie. Paula blieb in der Mitte des Raumes stehen und sah sich bedächtig um. Das riesige Bücherregal war vollgestopft mit Büchern, Zeitschriften und Steiff-Tieren. Giraffen, Elefanten, Teddybären und unzählige Hunde verschiedenster Rassen blickten von den Regalen herab. Ein winziger Fernseher stand auf einem kleinen Glastisch vor dem Fenster. Etliche leere Blumentöpfe waren in einer Ecke gestapelt. Ob Herr Breck die Blumen bei sich deponiert hat, um sie zu pflegen, während Frau Jacobi nicht da ist? Seltsam, dachte Paula. Auf dem geblümten Sofa lag eine zerknäulte Decke. Direkt daneben befand sich das Hundekörbchen von Rodolpho. Paula zuckte zusammen, als Charlotte plötzlich neben ihr stand.

„Mensch, hast du mich erschreckt! Du schleichst ja wie eine Katze hier herum“, zischte Paula.

„’tschuldigung. Schau mal das Sofa. Das sieht fast so aus, als hätte hier jemand geschlafen.“

„Kann sein. Vielleicht ist es aber auch genau in dem Zustand, wie Frau Jacobi es hinterlassen hat“, gab Paula zu bedenken.

„Frau Jacobi ist eine fürchterlich ordentliche Frau, auch wenn hier mehr Krimskrams herumsteht als in meinem und Felix’ Zimmer zusammen. Aber sie hat System oder findest du nicht?“

Paula antwortete darauf nicht.

„Wo wohl all die Blumen abgeblieben sind?“, fragte sie.

„Auf ihrer Terrasse stehen ganz viele herum. Vielleicht ist es dem Breck lieber, er pflegt die Pflanzen draußen, als immer hier hereinzukommen. Zumal es Rodolpho auch gar nicht gefällt, wenn Breck hier herumwuselt. Der macht jedes Mal einen Riesenaufstand, sobald er den alten Stinkstiefel in der Nähe des Hauses sieht.“ Charlotte trat kurz gegen Rodolphos Hundekörbchen. „Komm, hier gibt es auch nichts zu sehen.“ Sie zog Paula am Ärmel und die beiden gingen zurück in den Flur. Im Erdgeschoss befanden sich nur noch eine Abstellkammer und ein Gäste-WC.

„Seltsam“, begann Charlotte und hob eine Zahnbürste hoch. „Eine Zahnbürste auf dem Gäste-WC.“

„Und wo ist die Zahnpaste?“

„Hm. Das könnte Rodolphos Zahnbürste sein. Ich glaube, Frau Jacobi hat mal so etwas erwähnt, dass sie Rodolpho regelmäßig die Zähne putzt.“

Paula konnte sich das beim besten Willen nicht vorstellen. Rodolpho sah aus wie ein gewöhnlicher Straßenköter und nicht wie ein Hund, den man regelmäßig pflegt. Das passte irgendwie nicht.

„Komm, lass uns nach oben, im Bad nachsehen“, sagte sie. Die beiden stiegen die knarrenden Treppenstufen hinauf. Paulas Herz klopfte lauter, als sie die Tür zum Badezimmer öffnete. Das Licht war aus, so wie sie es befürchtet hatte. Sie schaltete es an und sah sich um. Auch die Tür vom Badezimmerschränkchen war geschlossen. Sie öffnete sie und begann, die verschiedenen Fläschchen und Cremes zu untersuchen.

„Frau Jacobi tut aber verdammt viel für ihre Schönheit“, sagte Charlotte und kicherte albern. „Nichts, was einem Mann gehören könnte, oder?“

„Mhm. Nein“, antwortete Paula. Sie blickte einen kleinen Moment in das Schränkchen und verschloss es schließlich. Dann kam ihr eine Idee. Sie griff an das Handtuch neben dem Waschbecken und sah Charlotte triumphierend an.

„Feucht!“, sagte sie. „Hier hat sich jemand vor Kurzem noch gewaschen.“ Sie gab den Weg frei, damit Charlotte an das Handtuch greifen konnte.

„Du hast Recht. Obwohl es hier ziemlich muffig ist, kann es allein vom Raumklima so feucht nicht sein.“

Die beiden strichen mit dem Finger durch das Waschbecken.

„Nein“, sagte Paula. „Der Wasserhahn tropft, siehst du? Deshalb ist das Becken feucht. Die Badewanne ist trocken.“

Charlotte bückte sich über die Badewanne und strich mit dem Finger über die Emaille. Dann nickte sie nur.

„Komm. Hier oben ist auch nichts Weltbewegendes. Schauen wir noch schnell im Schlafzimmer nach und sehen wir zu, dass wir hier raus kommen“, drängte Paula. Die beiden knipsten das Licht aus und schlichen den Flur entlang. Direkt nebenan lag das Schlafzimmer. Die Tapeten leuchteten in verschiedenen Farben, eine pink geblümte Tagesdecke lag ordentlich auf dem großen Bett. Der Nebenraum war ein Näh- und Ankleidezimmer. Unzählige bunte Kleider hingen an den Bügeln und eine alte Nähmaschine stand mitten im Raum. Paula staunte über die Vielfalt der Kleidung. So etwas würde meine Oma nie anziehen, dachte sie.

„Komm, das reicht jetzt. Felix wird sonst ungeduldig“, sagte Paula schließlich, knipste das Licht aus und schob Charlotte vor sich her den Flur entlang. Irgendwie hatte sie das alles auch nicht weitergebracht.

„Den Keller müssen wir noch“, fiel Charlotte ein, als sie unten angekommen waren. Paula seufzte und blickte mit gemischten Gefühlen auf die schmale Kellertür.

„Gut. Aber ganz schnell nur. Ich glaube, wir sind fast schon eine halbe Stunde hier drin.“

Charlotte öffnete die Kellertür, die sich direkt unterhalb der Treppe befand. Sie knipste die Taschenlampe an und suchte nach einem Lichtschalter. Endlich fand sie ihn und die beiden stiegen vorsichtig die schmale hölzerne Treppe hinunter. Die muffige Luft, die ihnen entgegenkam, war fast unerträglich. So, als würde niemals ein Fenster geöffnet. Auch hier standen unzählige Blumentöpfe, Tüten mit Blumenerde, Gartengeschirr und etliches Spielzeug für den Hund. Der Fußboden war mit Steinen gepflastert und ziemlich uneben. Paula stolperte und landete auf ihren Knien. Ihre Taschenlampe kullerte in ein angrenzendes Zimmer und blieb vor einer riesigen Kiste liegen. Charlotte half Paula auf die Füße und die beiden tasteten sich vorsichtig hinüber. Sie hoben die Taschenlampe auf und ließen den Lichtstrahl langsam durch den Raum wandern. Eine Seite war vollgestellt mit ordentlich gestapelten Kartons. Paula öffnete eine der unzähligen Kisten und nahm eine Schachtel heraus.

„Alles Zigaretten. Ich fasse es nicht“, sagte sie aufgeregt und schnappte nach Luft.

Charlotte antwortete nicht. Sie ging ans andere Ende des Raumes und öffnete eine weitere Kiste.

„Hier auch“, flüsterte sie. Die beiden sahen sich mit großen Augen an. Paula schloss den Karton wieder. Was in den anderen war, konnten sie sich eigentlich denken. Dennoch öffnete Paula einen nach dem anderen und nickte jedes Mal ihrer Freundin bestätigend zu. Insgesamt zwölf mittelgroße Umzugskartons, jeweils gefüllt mit mindestens 60 Stangen Zigaretten.

„Ich glaube, wir haben, wonach wir gesucht haben. Lass uns verschwinden“, sagte Charlotte schließlich und ließ den Strahl ihrer Taschenlampe angewidert über die mit Spinnen umwobene Kellerdecke schweifen. „Komm jetzt, Felix wartet.“

„Ich frage mich …“ Paula schloss bedächtig die letzte Kiste.

„Lass uns alles bei dir zu Hause auf dem Dachboden bei Kerzenschein und 'ner Tüte Chips besprechen“, unterbrach Charlotte ihre Freundin. „Da haben wir den perfekten Blick auf das Haus, wenn die Polizei anrauscht und hier alles auseinandernimmt.“

Paula hielt inne. War da die Haustür ins Schloss gefallen? Charlotte schien auch etwas gehört zu haben.

„Mein lieber Bruder ist ungeduldig. Jetzt holt er uns schon ab“, sagte sie leise.

Paula antwortete nicht. Sie hoffte nur, dass es tatsächlich Felix war, der das Haus betreten hatte. Oben waren Schritte zu hören. Jemand hantierte in der Küche, der Wasserhahn lief, wenig später wurde der Wasserkocher angestellt, Geschirr klapperte. Nein, das war nicht Felix. Die beiden

Mädchen verfolgten gespannt jedes Geräusch, das über ihnen zu hören war. Die Zeit schien still zu stehen. Ihre einzige Rettung war jetzt Felix. In Gedanken ging Paula die Geschehnisse, die sich draußen abspielten, durch. Anruf bei der Polizei, dreißig Sekunden, Alarmieren der Eltern, drei Minuten, Polizei rückt an, zehn Minuten. Nein, das war viel zu lange. Felix Vater würde eher hier sein. Konnte er es mit dem Unbekannten aufnehmen? Paula schluckte. Solange sie hier unten ruhig blieben, würden sie unentdeckt bleiben. Oder konnten sie ungesehen flüchten, während der Unbekannte oben in der Küche seinen Tee trank? Das Rücken eines Stuhles war zu hören. Konnte man, wenn man am Küchentisch saß, in den Flur und auf die Kellertür sehen? Das Licht! Im Nebenraum brannte noch das Licht. Würde er den Lichtstrahl unter der Tür sehen? Hatten sie die Tür überhaupt wieder hinter sich verschlossen? Paula drehte sich zur Seite und blickte zu ihrer Freundin. Im Strahl der Taschenlampe wirkte Charlotte kalkweiß. Sie war starr vor Angst, die Augen weit aufgerissen schien sie zu horchen, was über ihnen vor sich ging. Genau wie Paula. Keiner traute sich zu reden. Wo blieb Felix? Wo blieb die verflixte Polizei? Wieder wurde ein Stuhl beiseitegeschoben. Stille. Nichts schien sich zu bewegen. Keine Schritte.

Plötzlich knarrte oben eine Treppenstufe. Paula und Charlotte knipsten ihre Taschenlampe aus.

„Verdammter Mist."

Da fluchte jemand. Dann hörten die beiden, wie das Licht ausgeknipst wurde und die Tür laut ins Schloss fiel. Paula hatte sich an Charlotte festgekrallt und zitterte am ganzen Körper. Ihrer Freundin erging es nicht anders. Beide trauten sich nicht, sich zu rühren. Wo blieb Felix? Charlotte fand als Erste die Sprache wieder:

„Nichts wie raus hier."

Wie auf Kommando knipste Charlotte ihre Taschenlampe an und rannte los. Paula blieb zitternd im Dunkeln zurück. Sie konnte keinen klaren Gedanken fassen. Die Angst kroch unaufhaltsam durch ihren Körper und schien ihr den Atem zu nehmen. Ihre Beine bewegten sich keinen Zentimeter von der Stelle. Vor Angst erstarrt blieb sie im Dunkeln zurück.

„Charlotte", flüsterte sie fast unmerklich. Aber ihre Freundin war längst die Treppe hinaufgestürmt. Oben war ein ohrenbetäubender Lärm zu hören. Etwas kippte um und zerbrach. Rodolpho bellte draußen wie verrückt. Charlotte quiekte. Dann wurde wieder die Kellertür geöffnet und Charlotte kam fluchend die Stufen hinuntergestolpert. Aber sie war nicht allein. Paula konnte sie im Lichtschein ihrer Taschenlampe erkennen. Jemand hielt sie an ihrem T-Shirt fest und schob sie unsanft vor sich her. Das Gesicht war nicht zu erkennen. War das Herr Breck? Oder der nächtliche Besucher. Paula hoffte nur, dass Felix losgerannt war, um Hilfe zu holen. Aber schon hörte sie ihn oben auf dem Treppenabsatz.

„Lassen Sie meine Schwester los. Sofort!“ Er fuchtelte wütend mit einem Spaten herum und kam die Stiegen hinunter.

„Pass auf, Felix!“, rief Charlotte. Zu spät. Der Angreifer packte den Spaten und zog ihn samt Felix die restlichen Stufen hinunter. Felix stolperte über die unebenen Steine und knallte heftig auf den Boden. Der Mann packte ihn und zog ihn zu Charlotte. Paula konnte nicht erkennen, was in dem Winkel des Raumes vorging, in dem die drei standen. Wut packte sie. Sie ballte die Fäuste und versuchte krampfhaft, einen klaren Gedanken zu fassen. Mach jetzt bloß keinen Fehler. Du musst deinen Freunden helfen und das kannst du nicht, wenn er dich auch findet. Sie versuchte, mit ihren zitternden Händen das Smartphone aus ihrer Tasche zu ziehen. Denk nach, dachte sie. Wenn du jetzt telefonierst, bemerkt er dich und ehe du überhaupt jemanden erreichst, hat er dich erwischt. Paula war sich sicher, dass Felix die Polizei bereits verständigt hatte. Oder nicht? Warum war dann sein Vater noch nicht hier? Hatte er ihn nicht geweckt? Paula überlegte krampfhaft, wie schnell sie die Treppe hinauflaufen konnte, ohne geschnappt zu werden. Hatte sie überhaupt eine Chance? Mist, jetzt habe ich auch noch die bekloppten Flip-Flops an! Rodolpho, du blöder Köter, wo bist du, wenn man dich braucht? Sie hörte ihn in weiter Ferne bellen. Ob Charlottes Eltern von dem Lärm alarmiert wurden? Paulas Gedanken rasten.

„Sie können uns hier nicht festhalten. Unsere Eltern haben die Polizei schon verständigt. Sie werden jeden Augenblick hier sein“, protestierte Felix. Seine Stimme überschlug sich fast vor Aufregung. Charlotte, warum sagst du nichts, dachte Paula. Ist dir was passiert? Der Mann lachte nur hämisch. Paula hörte, wie er sich eine Zigarette anzündete. Dann nahm sie ein leises Schluchzen wahr. Charlotte weinte. Oh nein. Paula streifte vorsichtig ihre Flip-Flops von den Füßen und legte ihre Taschenlampe sachte auf den Boden. Dann nahm sie all ihren Mut zusammen und stürmte mit einem fürchterlichen Gebrüll aus ihrem Versteck. Sie sprang dem völlig überraschten Mann auf den Rücken. Er war fürchterlich groß und stark. Während er versuchte, Paula abzuschütteln, rannte Felix auf ihn los und rammte ihn mit seinen Fäusten in den Magen. Der Mann fluchte. Paula kratzte ihm mit all ihrer Kraft und geballter Wut quer über die Wange. Unter Fluchen und Wehklagen schaffte er es endlich, sich zu befreien, und schmiss Paula von seinem Rücken, während Felix einen heftigen Fußtritt abbekam. Dann rannte der Mann im Dunkeln die Stufen hinauf, knallte die Kellertür hinter sich zu und schloss sie ab. Die drei hörten noch, dass er die Haustür mit Wucht zuschmiss und dann verschwand er draußen, gefolgt von einem aufgebrachten Rodolpho.

Paula rieb ihre schmerzende Schulter. Dann versuchte sie, langsam aufzustehen.

„Seid ihr verletzt?“, brachte sie schließlich hervor.

„Nein. Geht schon. Und du?“, fragte Felix.

„Geht auch so. Wer hat die Taschenlampe?"

„Die ist kaputt", antwortete Felix. Paula hörte, wie er versuchte, sie anzuknipsen.

„Charlotte, sag etwas", bettelte Paula verängstigt. Charlotte schluchzte nur. „Das ist alles meine Schuld", sagte sie mit zitternder Stimme.

„Red keinen Quatsch. Wartet. Ich mache Licht." Paula fischte ihr Smartphone aus der Jeans und knipste die Taschenlampe an. Charlotte kauerte verängstigt in einer Ecke des Raumes und hielt sich, geblendet von dem Licht, die Hände vors Gesicht. Sie zitterte am ganzen Körper. Felix hatte sich zu ihr gesetzt und legte tröstend seinen Arm um sie.

„Ganz schön mutig", sagte er und grinste Paula an.

„Du aber auch", antwortete Paula und konnte sich ein Lächeln nicht verkneifen. „Hast du die Polizei verständigt?"

„Nö, ich hab mein Smartphone irgendwo zwischen Rhododendron und piksenden Rosen verloren", antwortete er verschmitzt. „Außerdem sorgt Rodolpho schon für Alarm", fügte er lachend hinzu.

„Na gut, dann nix wie raus hier, bevor er wiederkommt." Paula ging zurück in den angrenzenden Raum, zog ihre Flip-Flops an und nahm die Taschenlampe wieder auf. Dann wählte sie den Notruf und erzählte in knappen Sätzen, was geschehen war, wer sie war und wo die Polizei hinkommen müsse. „Los. Kannst du aufstehen, Charlotte?" Paula griff ihrer Freundin unter den Arm und half ihr hoch. Felix ging zu einem kleinen Fenster in einer Nische und versuchte, es zu öffnen.

„Hier gibt es noch nicht mal einen Griff an diesem blöden Fenster."

„Da passen wir sowieso nicht durch. Wir müssen versuchen, die Tür aufzubrechen", schlug Paula vor und griff nach dem Spaten, der auf dem Fußboden lag.

„Aber wieso warten wir jetzt nicht erst auf die Polizei? Die holen uns schon hier raus", fragte Charlotte.

„Du weißt doch, wie lange das hier auf dem Land dauern kann. Nix wie weg hier." Felix begab sich zu den anderen Gartengeräten, die an einer Wand hingen, und nahm eine Spitzhacke vom Haken.

„Hiermit können wir die Tür aufbrechen", sagte er.

„Wir können doch nicht Frau Jacobis Tür kaputtmachen!", bemerkte Charlotte.

„Sie wird es uns schon vergeben." Felix ging die Holzstiegen hinauf. Er verharrte einen Moment und holte dann aus.

„Warte!", herrschte Paula ihn an. „Versuch es doch erst mal anders." Paula rannte die Treppen hinauf und zog kräftig an der Tür. Sie spürte, dass die Holztür und das Futter sich wenige Millimeter bewegen ließen.

„Siehst du, in diesem alten Haus ist alles nicht mehr so stabil", sagte sie und Felix packte mit an den Türgriff. Nach nur einer Minute zerbarst das Schloss in der Zarge und die Tür gab nach.

„Komm, Charlotte.“ Paula nahm Charlotte an die Hand und zog sie hinter sich her. Sie traute sich kaum, zu atmen, bis sie die Haustür erreicht hatten. Paula erkannte, dass Felix humpelte. Er öffnete vorsichtig die Haustür und spähte hinaus. Dann gab er den beiden ein Zeichen, ihm zu folgen.

„Alles ruhig hier draußen“, wisperte Felix. Paula kam es schon fast zu ruhig vor. Wie lange würde die Polizei brauchen? Und wohin war der Mann geflüchtet, oder wartete er hinter einem Busch, bis die Luft rein war? Und wo war Rodolpho? Sie wollte gerade Felix danach fragen, als der Hund hechelnd aus dem Dunkel hervorpreschte und an Felix hochsprang wie ein Gummiball.

„Da bist du ja, du Halunke“, sagte Felix und tätschelte Rodolpho am Kopf. Paula blickte rüber zu Brecks Haus. Das Haus lag in völligem Dunkel. Bewegte sich da nicht etwas am Fenster? Paula schauderte. Nein, die Jalousie war heruntergezogen. Alles still. Einfach gespenstisch, dachte sie.

Bei ihr daheim dagegen sah es ganz anders aus. Überall brannte Licht. Sie hörte Kathrin rufen. Paula seufzte.

„Jetzt gibt es Ärger.“

„Viel schlimmer als das, was wir eben erlebt haben, kann es ja wohl kaum werden“, bemerkte Charlotte. „Komm, lass uns rüber zu ihr gehen und ihr alles erklären.“

Paula wusste, dass Charlotte Recht hatte. Trotzdem überkam sie ein ungutes Gefühl. Sie war sich sicher, dass

Rodolpho alle aus dem Bett gebellt hatte und Charlottes Eltern sicher auch nicht lange auf sich warten ließen. Die drei Nachtschwärmer liefen gebückt über die Wiesen, bis sie am Grundstück von Paulas Oma angekommen waren.

Kathrin stand mit dem Morgenmantel bekleidet in der Haustür. Herr und Frau Rasche direkt davor. Ebenfalls nur mit Morgenrock bekleidet. Irgendwie sah die Szene ziemlich witzig aus. Aber es lachte niemand.

„Ihr schuldet uns wohl eine Erklärung, oder?“ Herr Rasche blickte die drei streng durch seine Brillengläser an. Erst jetzt sah er, dass Felix humpelte. Frau Rasche hielt erschrocken die Hände vor den Mund.

„Bevor ihr euch aufregt, wir sind in Ordnung und die Polizei ist unterwegs“, beschwichtigte Paula

„Kommt erst mal alle rein, ich mache uns einen Tee“, erwiderte Kathrin und ging voran ins Haus.

8. Eine abenteuerliche Geschichte

Bevor die drei abwechselnd erzählten, telefonierte Herr Rasche noch einmal mit der Polizei und erklärte, dass die Kinder in Sicherheit seien. Frau Rasche saß völlig zusammengesunken auf der Küchenbank. Herr Rasche ging nervös auf und ab und Kathrin schmierte Brote und kochte Tee, obwohl niemand außer Rodolpho etwas wollte. Es war mittlerweile halb eins, aber niemand war wirklich müde. Nachdem die drei ihren besorgten Eltern mehrfach bestätigt hatten, dass sie keinen Arzt benötigten, berichtete Paula aufgeregt von dem Zigarettenfund und von dem zwielichtigen Typen, der sie überfallen hatte.

„Wie kommt ihr denn dann bitte schön auf Herrn Breck?“, wollte Herr Rasche wissen. „Ihr könnt doch nicht einfach jemanden verdächtigen, nur weil ihr ihn nicht sonderlich mögt.“

„Aber Papa. Das hat Paula doch eben erklärt. Der Typ, der in Frau Jacobis Haus eingedrungen ist, hatte vorletzte Nacht einen Streit mit Herrn Breck. Also kennt Herr Breck ihn immerhin und hat ihm wahrscheinlich den Schlüssel zu Frau Jacobis Haus gegeben.“

„Das muss ja nicht unbedingt derselbe Mann gewesen sein“, konterte Herr Rasche. „Das ist doch wohl Sache der Polizei, sich darum zu kümmern. Ihr könnt doch nicht einfach Räuber und Gendarm spielen. Da hätte ja sonst was passieren können.“ Frau Rasche seufzte und legte Felix ein Kühlakku auf sein angeschwollenes Knie. Paula hoffte nur, dass der nächtliche Besucher nicht sofort wiedergekommen war und den Keller ausgeräumt hatte, bevor die Polizei eingetroffen war. Kathrin ahnte, was in ihrer Tochter vorging, und legte beschwichtigend ihre Hand auf Paulas Schulter.

„Die Polizei macht das schon. Das braucht dich nicht zu kümmern", sagte sie. Aber Paula ließ sich nicht so einfach überzeugen. Die Unruhe packte sie und sie blickte jede Minute auf die Küchenuhr. Wie lange die Polizei hier wohl brauchte? Ob sie den Einsatz überhaupt ernst genug nahm, um sich hierherzubemühen? Es kam ihr wie eine Ewigkeit vor, bis sie ein Auto in der Einfahrt hörte. Zwei Autotüren wurden geöffnet und fast zeitgleich zugeschlagen und nur wenige Augenblicke später klingelte es an der Tür.

Nun musste Paula die Geschichte ein weiteres Mal erzählen. Die beiden Polizisten hörten stillschweigend zu und machten sich hier und da Notizen. Ab und zu unterbrachen sie das Mädchen und stellten Fragen. Als Paula ihren Bericht beendet hatte, hing eine fürchterliche Stille im Raum. Alle warteten darauf, dass die Polizisten endlich zum Haus von Frau Jacobi hinübergingen und sich den Keller genauer ansahen.

„Hier ist der Schlüssel von Frau Jacobi", sagte Charlotte endlich und legte ihn auf den Küchentisch.

„Euch ist aber schon klar, dass ihr da widerrechtlich in ein Haus eingedrungen seid, oder?“

„Moment mal.“ Nun ergriff Herr Rasche das Wort. „Die Kinder haben den Schlüssel von Frau Jacobi bekommen, um ihr ein paar Sachen für das Krankenhaus zu holen. Nicht mehr und nicht weniger. Und jetzt haben Sie bitte die Güte und schauen da drüben mal nach dem Rechten.“

„Schon gut, schon gut. Die Kavallerie ist bereits unterwegs.“ Einer der Polizisten griff nach dem Schlüssel und die beiden verließen ohne ein weiteres Wort die Küche.

Nach nur fünf Minuten hörten sie, wie weitere Autos vorfuhren und das Stimmengewirr verriet ihnen, dass einige Polizisten am Grundstück von Frau Jacobi angekommen waren.

„Ich würde nur allzu gerne wissen, ob sie auch mal bei dem Breck-Schreck nachsehen, was der so alles in seinem Keller versteckt.“

„Felix! Ich will davon nichts mehr hören.“ Herr Rasche hatte sich nun endlich an den Küchentisch gesetzt. „Und ich sag es noch einmal: Es ist Aufgabe der Polizei, sich um den oder die Täter zu kümmern, und nicht eure. Das ist mein letztes Wort. Und jetzt werden wir uns mal alle wieder in unsere Betten begeben.“

„Ja, Chef“, murrte Felix.

„Ich bin sicher, die Polizisten werden Herrn Breck auch befragen, ob er etwas gesehen hat. Die wissen schon, was sie machen“, versuchte Kathrin zu besänftigen.

„Charlotte darf doch jetzt noch bei uns übernachten, oder?“, fragte Paula und sah Charlotte bittend an.

„Paula, sei mir bitte nicht böse, aber ich habe Sehnsucht nach meinem Bett.“

„Schon okay“, erwiderte Paula und hoffte, dass Charlotte ihr die Enttäuschung nicht ansah. Paula wäre nur zu gern noch mal mit ihr auf den Dachboden gegangen, um von dort aus das Geschehen auf dem Nachbargrundstück zu beobachten. Familie Rasche machte sich auf den Heimweg. Kathrin blieb noch am Küchentisch sitzen. Als Paula aufstehen wollte, hielt sie ihre Tochter kurz am Arm fest.

„Wir unterhalten uns dann morgen, in Ordnung?“

„Ich habe doch schon alles mehrfach erzählt.“

„Das meine ich nicht“, sagte Kathrin und stand auf. „Also, dann bis morgen. Schlaf gut und träum was Schönes.“ Kathrin gab Paula einen Kuss auf die Stirn und ging nach oben.

„Ja, du auch“, murmelte Paula mehr zu sich selbst. Ich glaube kaum, dass ich heute Nacht ein Auge zubekomme, dachte sie. Sie blieb noch eine Weile in der Küche, ein wenig hoffend, dass die Polizisten zurückkämen und von ihrem Fund berichteten. Aber es kam niemand und Paula begab sich enttäuscht ins Bett.

Paula schlief tief und fest. Sie träumte nicht. Sie wurde nicht um fünf Uhr von dem quietschenden Wasserhahn geweckt und auch nicht von dem Gedröhne eines Rasenmähers. Völlig schlaftrunken stand sie um zehn Uhr auf und ließ sich den gestrigen Abend nochmals durch den Kopf gehen. Mit Schrecken musste sie daran denken, dass ihre Mutter noch mit ihr sprechen wollte. Paula wusste genau, dass Kathrin es nicht guthieß, wenn ihre Tochter vor ihr solche Geheimnisse hatte. Paula seufzte tief, als sie sich Wäsche, T-Shirt und Shorts griff und hinüber ins Badezimmer ging.

Kathrin hatte das Radio eingeschaltet, sang aber diesmal nicht mit. Sie war bereits mit dem Frühstück fertig und hatte offensichtlich gerade telefoniert. Ihr Smartphone steckte sie zurück in ihre Hosentasche.

„Guten Morgen“, sagte Paula betont fröhlich.

„Guten Morgen. Hast du gut geschlafen?“

„So gut wie lange schon nicht“, erwiderte Paula und bereute sofort ihre Antwort.

„Soso“, antwortete ihre Mutter und goss ihr Tee in die Tasse. Es war selten, dass Kathrin nicht drauflosplapperte. Nachdenklich saß sie am Tisch und begann, die Zeitung aufzufalten. Sooft sich Paula nach dieser Stille am frühen Morgen gesehnt hatte, so sehr wünschte sie sich jetzt, dass ihre Mutter irgendetwas erzählte. Endlich brach sie das Schweigen.

„Ich habe eben übrigens mit deiner Oma telefoniert.“

„Ach wirklich? Klasse. Wieso hast du mir das nicht gesagt? Ich hätte auch gerne mit ihr gesprochen. Hättest mich ruhig wecken können." Paula war enttäuscht.

„Du kannst sie ja auch bald sprechen. Sie kommt schon am Wochenende wieder."

„Nein, das ist ja klasse!" Paula schlug freudig mit der Hand auf den Tisch.

„Ihre Freundin ist erkrankt, so dass sie die Reise vorzeitig abbrechen werden. Sie hat mir übrigens erzählt, dass sie den Breck auch schon im Visier hatte", erwiderte Kathrin, ohne Paulas Freudentaumel zu beachten.

„Aha. Hab ich mir doch gedacht."

„Ja. Wir werden jetzt trotzdem abwarten, was die Polizei unternimmt, und uns nicht einmischen. Ist das klar?"

Paula nickte. Sie hoffte nur, dass die Polizei wirklich etwas in der Richtung unternehmen würde. Oma kommt! Dann habe ich wenigstens noch eine Verbündete auf meiner Seite, schoss es ihr durch den Kopf.

„Dann müssen wir uns aber heute mit dem Renovieren mächtig ins Zeug legen", sagte sie mit vollem Mund.

Kathrin lächelte in sich hinein. Wieso sagt sie nichts, dachte Paula und seufzte. Ein schweigsamer Tag mit meiner Mutter, das kann ja heiter werden.

Aber der Tag sollte doch anders verlaufen, als sie dachte. Sie hatten gerade angefangen, den Großteil der Möbel wieder an ihren Ort zu rücken, als es klingelte.

„Moin“, sagte einer der Polizisten, die auch am vorigen Abend hier gewesen waren. Der andere Polizist war eine Frau. Ziemlich jung, dachte Paula, aber wenigstens kann sie lächeln.

„Wir hätten da noch ein paar Fragen.“

„Aber bitte, kommen Sie doch herein“, sagte Kathrin.

Paulas Herz klopfte schneller. Ob die beiden schon bei Charlotte und Felix gewesen sind?

Die Polizisten blieben im Flur stehen. Paula kam es wie eine Ewigkeit vor, bis sie endlich anfingen zu reden.

„Wir haben gestern Nacht noch das Haus gesichtet und alles so vorgefunden, wie ihr es gesagt habt“, begann er endlich. „Die Spurensicherung war auch schon fleißig und hat ein paar Fingerabdrücke gefunden, die einem alten Bekannten von uns zuzuordnen sind.“ Er machte eine Pause und sah Kathrin und Paula abwechselnd an. Paula hielt die Luft an, während ihre Mutter aufgeregt auf den Zehenspitzen wippte.

„Sein Name ist Markus Breck. Er hat schon mehrfach wegen kleinerer Delikte eingesessen und ist seit circa zwei Wochen draußen.“ Wieder eine Pause. Kathrin ließ die Luft geräuschvoll zwischen ihren Zähnen entweichen.

„Ihr Nachbar, der Herr August Breck, ist der Onkel von Markus Breck und scheint ihm den Schlüssel zum Haus von Frau Jacobi gegeben zu haben, damit er für eine kurze Weile eine Unterkunft hat. Zumindest hat er das so ausgesagt“, fuhr die junge Polizistin fort.

„Aber wieso hat er ihm denn nicht selbst Unterkunft gewährt? Wenn er doch sein Onkel ist?“, fragte Kathrin verwundert.

„Nun, er behauptet, das hätte er auch anfangs getan. Aber das hätte nicht funktioniert. Sie würden sich nicht gut verstehen und sich häufig streiten. Aber da er nun mal sein einziger Neffe sei, fühle er sich verpflichtet, ihm irgendwie zu helfen. Er sagte aber, er hätte ihm eigentlich nur für eine Woche Zugang zu dem Haus eingeräumt und auch immer überprüft, ob alles mit dem Haus in Ordnung war. Von den Zigaretten hat er angeblich nichts gewusst. Das prüfen wir aber noch.“

Wieder Schweigen. In Paulas Kopf überschlugen sich die Gedanken. Pah, der Breck-Schreck hatte bestimmt gewusst, was da vorging, schoss es ihr durch den Kopf.

„Und woher hatte er die ganzen Zigaretten?“, wollte ihre Mutter wissen.

„Aus diversen Diebstählen bei Tankstellen im ganzen Land. Er muss einen Komplizen haben“, erklärte die junge Polizistin. „Nun ja, da sind wir dran. Wir möchten, dass du heute Nachmittag mit deiner Mutter kurz zu uns kommst und ein Protokoll unterschreibst“,sagte sie zu Paula.

„Selbstverständlich. Wir kommen“, erwiderte Kathrin. „Haben Sie den Markus Breck denn schon gefasst?“

„Nein. Aber das wird keine große Sache sein. Den finden wir schon. Die Fahndung läuft, die Presse ist benachrichtigt, und wenn es stimmt, dass du ihn heftig im Gesicht gekratzt hast, wird ihn ein aufmerksamer Bürger sicher bald erkennen und uns benachrichtigen“, erwiderte der Polizist selbstgefällig.

Na, hoffentlich bald, schoss es Paula durch den Kopf und sie wusste, dass ihre Mutter ähnlich dachte. Dass Markus Breck noch frei herumlief, machte Paula Angst. Die beiden Polizisten verabschiedeten sich. Erst als sie weg waren, fielen Paula tausend Fragen ein, die sie stellen wollte. Am liebsten wäre sie zu Charlotte rübergeeilt, um ihr davon zu erzählen, aber sie traute sich nicht, jetzt ihre Mutter darum zu bitten.

Das Einräumen der Schränke hatte nur wenige Stunden gedauert. Bei dem großen Dielenschrank konnte sicherlich später Charlottes Vater helfen. Herr Breck würde wohl nicht noch einmal zum Helfen rüberkommen und das wollte Paula auch auf keinen Fall. Der Raum sah toll aus. Oma wird begeistert sein, dachte Paula. Sie konnte es kaum abwarten, bis sie endlich zurück war. Paula würde sie mit Fragen löchern. Am Nachmittag fuhren sie zum Polizeirevier, um das Protokoll zu unterschreiben. Die Polizisten zeigten Paula ein Foto von Markus Breck, aber Paula konnte nur berichten, dass sie ihm schon einmal an ihrem ersten Tag in der Stadt begegnet war, als er sie so plump angesprochen hatte. Die auffallende Tätowierung würde sie so schnell nicht vergessen. Was für eine Woche, dachte sie, als sie endlich wieder in ihre Straße einbogen. Charlotte spielte mit Rodolpho auf der Wiese.

„Darf ich kurz?“, fragte Paula.

Kathrin hielt an und ließ Paula aussteigen. Dann fuhr sie ohne ein Wort weiter.

Mit einem leisen Hallo begrüßten sich die beiden. Paula streichelte Rodolpho, der freudig an ihr hochsprang.

„War die Polizei heute Morgen bei dir?“, begann Charlotte.

„Ja. Bei dir nicht?“

„Nein. Da lege ich jetzt auch keinen Wert drauf. Wir haben uns heute Morgen schon eine gewaltige Standpauke von Papa anhören müssen.“

„Bei mir ist es noch viel schlimmer: Mama hat noch gar nichts dazu gesagt. Sie schweigt. Und das ist nicht gut.“ Paula setzte sich zu Charlotte auf die Wiese.

„Was macht denn Felix’ Knie?“

„Ist ein bisschen geschwollen. Mama ist mit ihm beim Arzt. Wird schon nicht so schlimm sein.“

„Und du? Wie geht es dir?“ Paula sah Charlotte fragend an.

„Ging schon mal besser. Ich war wohl gestern etwas zu tollkühn. Das tut mir sehr leid.“

„Was tut dir leid?“

„Dass ich dich da mithineingezogen habe. Das wollte ich nicht." Charlotte legte Paula die Hand auf die Schulter.

„Aber das stimmt doch nicht. Ich habe doch mit dem ganzen Quatsch angefangen. Weißt du was? Am besten vergessen wir das Ganze. Wir können stolz auf uns sein. Immerhin haben wir einem Verbrecher das Handwerk gelegt", erwiderte Paula und sah Charlotte aufmunternd an.

„Na ja, wenigstens fast. Ich hoffe, sie finden ihn bald. Aber eines steht fest: So spannende Ferien hatte ich noch nie."

Die beiden lachten und Rodolpho wedelte aufgeregt mit dem Schwanz.

Als Paula auf dem Weg zurück am Haus von Herrn Breck vorbeikam, blieb sie stehen. Die Gardine bewegte sich und sie wusste, dass der Nachbar sie beobachtete. Paula zögerte nicht lange. Sie öffnete das Gartentor und steuerte schnurstracks auf die Haustür zu. Sie hörte im Hintergrund, wie Charlotte entsetzt aufschrie, aber sie ließ sich nicht beirren. Sie hätte es nicht für möglich gehalten, aber Herr Breck öffnete ihr die Tür, nachdem sie geklingelt hatte.

„Guten Tag, Herr Breck", begann sie. Herr Breck antwortete nicht. Er sah traurig und müde aus. Nicht so, wie Paula ihn bisher kennen gelernt hatte.

„Ich bin gekommen, weil ich mich bei Ihnen entschuldigen wollte. Wir haben Sie einfach hintergangen, weil wir unbedingt ins Haus wollten. Das ist eigentlich nicht meine Art."

Er sah sie schweigend an und bewegte sich keinen Zentimeter.

„Und wo wir schon einmal dabei sind: Ich hoffe, Sie haben Frau Jacobi schon davon erzählt, dass sie es nicht von der Polizei oder aus der Zeitung erfahren muss, was in ihrem Haus los war. Wenn wir hier schon als Nachbarn zusammen wohnen, wollen wir uns doch auch sicherlich vertrauen, oder nicht?"

„Du bist genau wie deine Oma", sagte Breck und lächelte. „Übrigens eine tolle Frau", fügte er hinzu und rieb sich nachdenklich das Kinn. Er wagte sich aus dem Schutz der Eingangstür hervor und stand unmittelbar vor Paula.

„Du kannst sicher sein, mein Kind, dass ich davon nichts wusste. Ich weiß, dass mein Neffe kriminell ist, und ich habe auch schon zutiefst bereut, dass ich ihm geholfen habe. Aber was tut man nicht alles für seine Familie?" Er schluckte und blickte auf seine Hände. „Ich habe Frau Jacobi versichert, dass mein Neffe auf der Durchreise sei und nur kurz ihre Gastfreundschaft in Anspruch nehmen würde, aber leider konnte ich dieses Versprechen nicht halten. Ich habe extra sämtliche Blumen aus Frau Jacobis Haus geschafft, weil er so allergisch dagegen ist. Jeden Tag hat er mir versichert, dass er bald weg sein würde. Er könne bei einem Freund wohnen." Herr Breck seufzte und sah nachdenklich in die Ferne.

„Ich bin sicher, wenn Sie Frau Jacobi alles erzählen, wird sie Ihnen das schon verzeihen", sagte Paula bestimmt. „Ist ja 'ne coole Frau. Aber ich bin sehr froh, dass wir darüber gesprochen haben. Also, bis dann mal, Herr Breck." Paula streckte ihrem Nachbarn die Hand entgegen, die er verblüfft ergriff. Dann drehte sie sich ohne ein weiteres Wort um. Charlotte stand in ihrem Garten und sah Paula mit großen Augen und offenem Mund an. Paula grinste, als sie in ihre Einfahrt einbog und auch ihre Mutter verblüfft am Garagentor sah. Paula nahm Kathrin bei der Hand und zog sie hinter sich her ins Haus.

„Du bist aber sehr mutig", begann Kathrin und drückte Paula fest an sich. „Ich muss mich wohl ziemlich heftig bei dir entschuldigen", fuhr sie fort.

„Du? Wieso denn das?", fragte Paula.

„Na, wenn ich dir gleich am ersten Abend geglaubt hätte, was du da beobachtet hast, hätte ich dir helfen können, die Sache aufzuklären."

Paula sah ihre Mutter erstaunt an. Damit hatte sie nicht gerechnet.

„Nein. Ich muss mich entschuldigen. Ich hätte dir vertrauen sollen und dich in alles einweihen müssen. Stattdessen habe ich daraus ein Riesengeheimnis gemacht. Das war ziemlich dumm." Paula nahm ihre Mutter in den Arm. „Ich freue mich, dass Oma kommt", sagte sie erleichtert und bemerkte erst jetzt, wie müde sie war.

Die Einweihungsparty war ein voller Erfolg. Die Sonne strahlte, alle Nachbarn waren gekommen. Selbst Frau Jacobi hatte sich extra zwischen Krankenhausaufenthalt und Reha Zeit genommen, um dabei zu sein. Sie turtelte mit Herrn Breck, als wäre nie etwas vorgefallen. Dank einem Tipp von Herrn Breck war sein Neffe Markus schnell gefunden worden und saß jetzt wieder ein. Er war geständig und auch sein Kumpel, der mit für etliche Einbrüche verantwortlich war, war schnell ausfindig gemacht worden. Paula war glücklich. Sie hatte sich doch schneller eingelebt, als sie es je für möglich gehalten hatte. Sie hatte in Charlotte eine gute Freundin gefunden und auch mit Felix verstand sie sich mittlerweile sehr gut. Aber am schönsten war es, dass sie mit ihrer Oma unter einem Dach leben konnte. Oma Gertrud war eine großartige Frau. Sie hatte ihre Enkelin fast vor Wiedersehensfreude erdrückt. Paula hatte sie sofort mit Fragen gelöchert. Oma Gertrud hatte Ähnliches beobachtet wie Paula. Sie hatte sich ebenfalls nicht getraut, Frau Jacobi im Krankenhaus darauf anzusprechen. Umso stolzer war sie, als Paula ihr von ihrem Abenteuer ausführlich berichtete und ihr den riesigen Zeitungsartikel unter die Nase hielt, wo von drei mutigen Kids die Rede war, die Verbrechern das Handwerk gelegt hatten.

Es war schon sehr spät, als sich die Gäste verabschiedeten. Herr Breck war einer der Letzten, der ging, und bedankte sich überschwänglich bei den Gastgebern. Charlotte durfte bei Paula übernachten und die beiden lagen noch lange wach und redeten.

„Und? Bist du froh, hierher gezogen zu sein?“, fragte Charlotte gähnend.

„Oh ja. Das waren die besten Sommerferien, die ich je erlebt habe“, antwortete Paula. „Und weißt du was? Ich freue mich sogar schon auf die Schule.“

„Na, wenn du dich da mal nicht zu früh freust“, sagte Charlotte. Und nach einer Weile fügte sie hinzu: „Paula, ich bin sehr froh, dass du hier wohnst.“

„Ich auch“, erwiderte Paula und beide lachten lauthals los, als draußen der quietschende Wasserhahn aufgedreht wurde.

Die Autorin

Anke Kemper lebt und arbeitet in Freienohl/Sauerland. Sie ist Theaterautorin und Inhaberin des adspecta Theaterverlages (www.adspecta.de). Ihre Komödien und Krimikomödien werden regelmäßig im deutschsprachigen Raum aufgeführt. Sie spielt selbst Theater, Impro-Theater und führt Regie. Veröffentlichung mehrerer lustiger und auch spannender Kurzgeschichten in Zeitschriften und Anthologien. Ihre Illustrationen findet man in den Kinderbüchern von Peter Futterschneider, Annika Bützler und diversen Anthologien sowie den Romanen von Kurt Wasserfall. Sie ist Mitglied in der Illustratoren-Organisation e. V. und bei der Krimiautoren-Vereinigung „Syndikat e. V.“ Weitere Informationen unter: www.kempers-art.de

Auch im WOLL-Verlag erschienen:

Rissa Filial ist nach ihrem Abenteuer im Skadligplats zurück auf Schloss Thronstein. Als plötzlich Leander erscheint und ihr und Emma offenbart, dass die Mutter-Nymphe Emera entführt worden ist, ahnt sie Böses. Doch niemals hätte sie erwartet, was als Nächstes geschieht: Rissa, Leander und Emma werden von mysteriösen Kräften in einen unbekannten Heligplats transportiert und begegnen dort der Quelle der Magie. Diese ist dem Untergang geweiht, was das Ende der gesamten Fabelwelt bedeuten würde! Die Kinder müssen einen Weg finden, die Quelle der Magie zu retten, doch gleichzeitig verfolgen die Stor-Brüder ihre finsteren Pläne und bedrohen alles, was Rissa und Leander lieb ist…

ISBN 978-3943681-87-1 – LVP: 14,95 Euro

Lieferbar sind auch die Bände: Rissa Filial und die Verschwörung auf Schloss Thronstein – ISBN 978-946318-659-9 – LVP: 14,95 Euro und Rissa Filial und der Aufstand der Kobolde – ISBN 978-946342-953-5 – LVP: 14,95 Euro – WOLL-Verlag – www.woll-verlag.de

Die Autorin

Katie Grosser, geboren 1990, verfasst Romane, Kurzgeschichten und Gedichte. Aufgewachsen im Sauerland, lebt die Deutsch-Amerikanerin inzwischen in Münster und arbeitet dort an der Westfälischen Wilhelms-Universität.

Auch im WOLL-Verlag erschienen:

Eine Kindheit im Sauerland vor dreißig Jahren. Eine Kindheit, in der es noch keine Handys gab, kein Internet und keine PC-Spiele. Kein WLAN und kein WIFI, kein Facebook, kein Instagram, kein YouTube. Unmöglich! Kann man sich so eine Kindheit heute überhaupt vorstellen? Müssen die Kinder damals nicht schrecklich unglücklich gewesen sein? Alles war damals sicher furchtbar uncool. Und die Kinder hockten zu Hause rum und wussten nichts mit sich und der Welt anzufangen. Fürchterlich. Aber nein! Es war ganz anders und kein bisschen langweilig. Hier ist der Gegenbeweis.

ISBN: 978-3943681-93-2 – LVP: 14,90 Euro

Der Autor

Der 1952 in Göttingen geborene Kinder- und Jugendbuchautor Kurt Wasserfall ist nach Jahren in Hamburg, Freiburg oder auf Borkum längst glücklich in Jagdhaus daheim. In Köln studierte Wasserfall Theaterwissenschaften und Germanistik, reiste durch Europa, war als Schauspieler und Regie-Assistent tätig und gibt neben seiner schriftstellerischen Tätigkeit auch Kurse zur Sprachkompetenz und in Kreativem Schreiben. Für sein Buch „Ben Makhis oder Die Reise in das Abendland“ erhielt er 1990 den Friedrich-Gerstäcker-Preis für Jugendliteratur der Stadt Braunschweig.